杨靖宇

白山忠魂

徐剑 一半 —— 著

中国青年出版社

人民英雄 国家记忆文库

指导单位

共青团中央

发起单位

国防大学军事文化学院

中国青年出版总社有限公司

学术支持单位

中国作家协会军事文学委员会

中国当代文学研究会军事文学委员会

总策划

张启超　董　斌　皮　钧　陈章乐

策　划

侯健飞　李师东

主　编

李师东　侯健飞

统　筹

侯群雄

杨靖宇（1905年—1940年）

总　序

◆徐怀中

我们这一代人成长在战争年代，那时山河破碎，民不聊生，是党在抗日根据地设立了免费高小，我才有机会去上学，后来考上边区政府开办的太行第二中学，算是有了点文化。毕业后，是党带领我走上革命道路，我跟随刘邓大军挺进大别山，开始了军旅生涯，后来长期从事写作、文化工作，再也没有离开过部队。

回首往事，许多的人和事历历在目。中国共产党的奋斗路、奋进路来之不易，中华民族的独立自由解放来之不易，新中国的成立、建设、发展来之不易，改革开放以来取得的成就来之不易，今天的幸福生活来之不易，无数的仁人志士、先贤先烈、英雄楷模为之奋斗、奉献，甚至牺牲，他们永远值得我们去纪念、缅怀、学习。

2019年底，国防大学军事文化学院、中国青年出版总社联合发起大型图书创作出版工程"人民英雄——国家记忆文库"，致敬先烈，献礼党的百年华诞，我得知后感到很欣慰。是的，我们走得再远、走到再光辉的未来，也不能忘记走过的过去，不能忘记为什么出发。

今年恰逢中国共产党成立100周年，习近平同志在党史学习教育动员大会上强调，要教育引导全党大力发扬红色传统、传承红色基因，赓续共产党人精神血脉，始终保持革命者的大无畏奋斗精神，鼓起迈进新征程、奋进新时代的精气神。"人民英雄——国家记忆文库"的创作出版正当其时，为培养新时代合格社会主义建设者和接班人培根铸魂，为担当复兴大任的青年一代筑牢信仰之基，补足精神之钙。

讲好英雄故事，弘扬英雄精神，重点在"讲"，难点在"讲好"，关键是"弘扬"。大规模组织作家书写英雄、讴歌英雄，这是在新的时代背景下的一次有益的探索，也是文化工作者的优良传统。参与此次创作的有不少是军内外知名作家，他们怀着对革命英烈的一份最真挚的感情，克服新冠肺炎疫情带来的困难，不辞辛劳，深入革命纪念馆、烈士陵园采访调查，多方搜集素材，反复打磨，精心创作。经过各方面的努力，文库第一辑将陆续出版。第一辑有我党早期领袖李大钊、瞿秋白等，有革命战争年代的著名英烈方志敏、杨靖宇、赵一曼、张思德等，有青年英雄刘胡兰、雷锋等，还有新时期的英模焦裕禄、谷文昌等，毫无疑问，他们都是中国共产党最优秀的党员，是中华民族最优秀的儿女。他们永远值得大书特书！

作为一个年过九旬的老党员、老战士、老作家，我对英烈们的事迹都很熟悉，但阅读作品后，依然心潮澎湃，感动不已。这些作品思想性、文学性、故事性、可读性强，既写出了英烈的光辉故事，也写出了英烈精神的传承故事，独具匠心；同时，很多作品充分利用纪念设施和相关文物，在物中见人见事见精神，在人、事、精神中见物，相得益彰，历史感、现场感强，让英雄人物和他们的精神品格在文学叙述中活了起来。

在中国共产党百年华诞的光辉历史时刻，国防大学军事文化学院组织创作了这套文库，用文学的方式回溯党史、军史，十分可贵，这是对我们伟大的党的最好礼赞，是为中国革命史做出的巨大贡献。中国青年出版社是红色出版的主阵地，《红旗飘飘》《红岩》《红日》《红旗谱》《创业史》等早已载入新中国文学史、出版史，影响了一代又一代人。我青年时期创作的长篇小说《我们播种爱情》最初就是由他们出版的。这一次军地联合行动，成果丰硕。我相信，随着第一辑的创作、出版，后续第二辑、第三辑的创作、出版会更有经验和信心，更多先烈的英雄事迹将栩栩如生地呈现在读者面前。

英雄永生的地方，就是我们的来处，就是我们的历史，就是我们的文化，就是我们的根，也是我们这个党、这个国家、这个民族自信的源泉。为英雄立传，为民族立心，为社会铸魂，功在千秋，善莫大焉。在此，对"人民英雄——国家记忆文库"的创作、出版致以敬意和祝贺。

是为序。

2021 年 6 月 18 日

目录
Contents

上篇 殉国地：向死而生

杨靖宇本不姓杨 ………………………………… 003

杨靖宇时代开启 ………………………………… 026

风雨城墙砬子 …………………………………… 046

站着死与跪着生 ………………………………… 063

小记：白山忠魂，虽死犹生 …………………… 078

下篇 出生地：无惧生死

门前有棵老槐树 ………………………………… 091

窗前的那张书桌 ………………………………… 107

一尊汉白玉雕像 ………………………………… 128

靖宇大街贯东西 ………………………………… 145

后记：无惧生死，向死而生 …………………… 164

参考书目 ………………………………………… 170

上篇

殉国地：向死而生

杨靖宇本不姓杨

如梦令·珠子河边

珠子河边遥想。偶思豫南街巷。红五月开篇,布阵排兵得当。北上。北上。注定风云激荡。

飞机在下降。舷窗外,白山黑水渐次放大,从漫漶变得清晰。秋后的东北,白桦树黄叶落尽,白雪铺陈于林间,山寒水瘦。从高空俯瞰,白桦树俨然是一杆杆红缨枪,怒张着,刺向苍穹。

抗日战争落幕七十五年了,可是在大东北,乃至整个中国,中华民族一如这雪中的白桦林,仍旧高仰着抗争的不屈的头颅。

翼下有流云掠过。濛江、靖宇、白山黑水、齐鲁大地,杨靖宇与中原,这些词,犹如飞机穿云带雨一样,在我脑际闪烁。

飞机从东营胜利机场起飞，空中飞行两个多小时，落地后，换乘城际列车十五分钟，再坐四个小时的长途汽车，方抵达目的地：吉林省白山市靖宇县——杨靖宇将军殉国之地。

原本想入住靖宇宾馆，却被告知因新冠肺炎疫情期间被确定为隔离酒店而暂停接待。靖宇宾馆门前是靖宇广场，广场南侧是东西向贯穿县城的靖宇大街。靖宇广场面积不大，人气却很旺，犄角旮旯，哪儿哪儿都是人，音乐声、笑声、高谈阔论声，音浪一浪高过一浪；广场舞、交谊舞、体育舞、街舞、狐步舞……所有适合"众乐乐"的舞蹈都在这里燃情绽放。

一个歌舞升平的夜晚，人们踏歌而舞，是否还会重拾那段苦难的记忆？一个英雄名字无处不在的县城，英雄九泉有知，是否会露出温馨一笑？

靖宇县是零疫情之地，安全，万幸。

本想在商店买一大桶农夫山泉泡茶喝，老板说："我们这里不仅是英雄城，也是矿泉城，家家户户水龙头里流的都是矿泉水，你们酒店的水也是矿泉水，还花这个钱干吗呢！"后来去餐馆吃晚饭，本想点一荤一素外加一个汤，服务员说："你俩人整一个炖菜就够了，浪费那个钱干啥呢！"

第一次到东北，果然东北人都是活雷锋呐。

靖宇县靠北，天黑得早。那就早点睡觉，明天就要开始寻访了。有寒泉声响，那是从历史河流淌出来的吧？

珠子河，水浪滔滔，穿靖宇县而过，向东，再向北，汇入松花江。自从与这座三面环山、一面向江的边陲之城——靖宇县结缘，每一次来这里，他都会沿河信步，任澎湃的思

★ 靖宇大街街景（靖宇县）。

绪与珠子河的波浪同频起伏,蜿蜒绵亘。时光也如一条河流,它荡涤岁月也创造新生,它湮没沧桑也见证永恒。站在河边,听流水哗哗,每一次他都能从中获悉不同的声讯。1965年出生的马继民,今年五十五岁,看上去要比实际年龄年轻许多,给我的感觉只有一个字:清。词典里与"清"搭配的词汇几乎都可以用来形容马继民,比如:清秀,清爽,清冷,清醒……马继民说他最喜欢"清醒"这个词。

因缘际会,马继民从2005年7月接受靖宇县人民政府的聘请到现在,已经整整十五个年头了,职务也从最初的县长助理调整为现在的经济顾问。不论时间如何延展,不管身份、职务如何变换,马继民始终保持着一个清醒的态度,他知道自己是谁,从何处而来,又将归于何处。一个复杂的哲学命题,简单归于一种寻祖的光荣。血管里汩汩流淌的热血中暗含着神奇的基因密码,那串密码无时无刻不在警醒着他:要如何做人、如何行事,方能不愧对与白山黑水融为一体的祖先的精魂神魄,方能不辜负这片祖先拼却身家性命也要守护的山川。

这十五年,马继民心中有太多的话要对祖父说……

六岁的时候,马继民萌生了他想问祖父的第一个问题。

那天是清明节,母亲方秀云带着他去河南驻马店烈士陵园给父亲马从云扫墓。中原的四月天,小麦已经返青,毕毕剥剥地向上生长,天空依旧飞起杏花雨,天间地角不时有烧纸的乡亲。母亲那天眼圈红了,指着一旁的建筑,说:"继民啊,你上学了,也懂事了,那边就是你祖父的纪念馆,妈妈今天带你去拜祭祖父!"

从那天起,马继民才知道原来自己有一位英雄的祖父、伟大的祖父,当然也是一位陌生的祖父。

"祖父姓杨,叫杨靖宇,而我姓马,为什么我跟祖父不一个姓氏呢?"这天晚上的床板上仿佛长出了荆棘,刺挠得小继民辗转反侧,无法安睡,小小少年的心里按捺不住,不断向上奔涌着十万个为什么。

倘若那夜的马继民知道自己的祖父除了世人皆知的赫赫威名杨靖宇,还有本名马尚德以及化名张贯一的话,小脑袋瓜子里的问号是不是还要再翻上几倍呢?

那时,马继民还很小,儿时的记忆几近模糊,可是他清晰地记得倚窗仰望过星空,天上一颗星,地下一个人,爷爷的英魂,就是天穹上那颗踽踽独行的最闪亮的星星。还有,爸爸呢?

马继民是个遗腹子,父亲马从云因公殉职的时候,他还在母亲的腹中不知人间苦厄。关于父亲的记忆,大都来自母亲方秀云的讲述,而关于祖父的点点滴滴,却是马继民主动自发去寻找、去发现、去探究的。这个过程,马继民觉得对于一个男人来说,是寻根问祖,是追根溯源,是寻找一个家族的光荣与梦想。

1928年,杨靖宇,哦,不,彼时他的名字还是马尚德,拜别母亲张君,辞别妻子郭莲和一双儿女,离开了生他养他的河南省确山县古城乡李湾村。从确山暴动到刘店秋收起义,马尚德的名字早已上了反动当局的黑名单,继续在老家从事革命活动,不仅自己的安全无法保证,还会危及亲人。此时离开,马尚德认为,无论于他于家人,都是最好的安排。为了心中笃定的信仰，马尚德选择把骨肉血亲留在他认为最安全的家乡，只身离去，追寻拯救这个民族与国家的道理。

彼时，驻马店驿道两旁芳草萋萋，村庄院子里的梧桐花开得正盛，像一串串彩蝶挂于树上，是化蝶之变，还是扑火之蛾？但此时的马尚德扑向的是光明，他恨不得像当年曹孟德的骑士一样，从驻马店养马场牵来一匹战马，跃身而上。向南，向南，驰向信阳。他刚接任信阳县委书记，给笼罩在白色恐怖之下的信阳送去了燎原的星火。然而，恶劣的革命环境不容马尚德大施拳脚，几个月之后，他继续南下，去了上海，参加中央军政干部培训班。中央军政干部培训班是时任中央军事部部长的周恩来委托中央军事委员会秘密筹办的，旨在培养军政干部以应对前线缺乏高级指挥员的严峻革命现实。学习结束之后，马尚德因其出色的表现获得了前往苏联继续深造的机会。

铿锵的轮轨声舒缓了下来。一声悠长的火车汽笛，唤醒了闭目假寐的男人。那浓眉大眼，平头正脸，乍一看，便与路人区分开了，他不是别人，正是转道满洲，前往苏联留学的马尚德。马尚德睁眼一看，列车开进了奉天北站，正是他要下车的车站。整整衣衫，掸落灰尘，拎起并不沉重的藤编行李箱，随着熙攘、缓慢涌动的人流下车，一米九多的身高让马尚德有一丝鹤立鸡群的即视感。不时有人侧目而视，想必会心下嘀咕一番：怎么会有人长得这么高？待到双脚落地，马尚德脚下踩的已然是迥异于中原的黑土地。马尚德，哦，不，马尚德这个名字已经被永远地留在了他的出生地，确山县李湾村，此时的他用的是化名，张贯一。"张"姓是马尚德母亲张君的姓氏，"贯一"则取义于"一以贯之"。无论姓马还是姓张，天地之间都只有一个堂堂七尺男儿马尚德，别无分号。

在等待办理出国手续的日子里，张贯一的一双大脚踏遍了奉天的大街小巷、名胜古迹，深切感受着关东与中原完全不同的文化风情、地理地貌。他一边用脚丈量脚下的土地，一边冷眼旁观东北的局势。彼时的东北，虽然兵燹未见，但是日本关东军的军靴，已经踏上了白山黑水。日本帝国主义的狼子野心已是昭然若揭。1898年，沙俄强行租借中国的旅顺和大连湾，随后将这块所谓的"租借地"划为俄国的一个州，关东州。1904年，日俄战争爆发，以俄国的失败而告终。战后，双方签订了《朴次茅斯和约》，其中第五、六两项条款中规定：俄国将旅顺口、大连湾并其附近领土领水之租借权内一部分之一切权力，该租借疆域内所造有一切公共营造物及财产；长春至旅顺口之铁路及一切支线……无条件让与日本。由于攫取了俄国侵略者在中国东北的一切特权，日本在亚洲大陆获得了殖民地。1906年，日本侵略者成立了关东都督府。1907年，日本开始在关东州驻扎军队，之后这支军队成为臭名昭著、作恶多端、被永远钉在人类耻辱柱上的关东军。1919年，日本将关东都督府改为关东厅，成立了关东军司令部。关东厅为司法、行政最高机关，关东军司令部则为最高军事机关，实行军政分治，以图谋对东北实行殖民统治，使之成为日本帝国主义殖民中国的"桥头堡"。

等待的日子，是最漫长的，往往一夜之间风云突变。张贯一躺在小礼馆,望着瓦檐,春风姗姗来迟,屋檐上冰凌渐次化了,一滴一点,往石阶上撞去。焦急的心,怎么也慢不下来,他不时一跃而起,在屋里踱步,冗长复杂的出国手续却如泥牛入海,迟迟没有回音。1929年4月,张贯一等来了奉天易名沈阳的消息。他隐隐觉得此行不顺,也许会出现不可预估的变数。

果然,三个月之后,中东路事件爆发。

1894年中日甲午战争,日本打败中国,翌年签订《马关条约》。条约规定,清政府把辽东半岛割让给日本。俄罗斯帝国勾结德国、法国,强迫日本把辽东半岛还给中国。1896年6月3日中俄签订了《御敌互相援助条约》,中国政府批准中俄合办东省铁路。1897年起开始修建西从满洲里起,中经哈尔滨,东到绥芬河的中东铁路。1898年,俄国又取得了修筑中东路支线(从哈尔滨到大连)的特权。1903年,中东铁路正式通车运营。纵横东北全长2400余公里的中东铁路的建成,使沙俄达到了把势力伸向中国东北的目的。1904年日俄战争爆发,战争结束后日本取得了长春至大连的南满铁路使用权,满洲里至绥芬河、哈尔滨至长春的中东铁路仍控制在沙俄手中。1924年5月31日,中苏双方达成建交协议,签订《中俄解决悬案大纲协定及声明书》。同年9月,苏联又与东北当局签订了《奉俄协定》,这一协定除说明要贯彻上述中俄协定的有关内容外,又协定把中东铁路收回中国的期限缩短二十年。1927年下半年,苏联政府欲把中东铁路转让给日本。同年10月中旬,中东铁路苏方副局长到大连,与日本南满会社社长山本条太郎进行秘密会谈，并签订了《中东路草约》。1929年夏，以张学良为首的东北当局派军警搜查了苏联驻哈尔滨领事馆并接收了中东路，从而引发了中国现代史和中苏关系中有名的中东路事件。中苏大规模武装冲突持续近两个月。至11月下旬，东北军以惨败而告结束。

中苏断交，张贯一赴苏联深造，短时间内绝无可能。是返回豫南，还是继续居留奉天？张贯一进退维谷，在焦灼中等待着组织的答复。

恰好这时，刘少奇携夫人何宝珍抵达沈阳，担任满洲省委书记，按照中央给的名单，刘少奇迅速组建了中共满洲省委临时常委会。第一次常委会上，专题讨论了张贯一的工作问题。会议决定，鉴于张贯一在满洲停留期间工作表现突出，暂时将其派往抚顺特别支部，担任党支部书记。

组织上为何会给予张贯一这样高的评价，为何会对他作出这样的人事任命呢？

一切还得从1929年5月张贯一在抚顺煤矿领导的"反裁减、反加班、反打骂"工人大罢工讲起。那场声势浩大、成效卓著的罢工，史称"红五月"抚顺矿工大罢工。从接受任务到成功罢工，张贯一凭一己之力，只用了一个月的时间。"红五月"抚顺矿工大罢工以胜利告终，抚顺矿工的工作条件、劳动报酬等都得到了不同程度的改善，中共抚顺支部的党员从原来的8名发展到24名，抚顺煤矿的兄弟团也已形成，为日后建立工会奠定了坚实的基础。张贯一高超的组织能力和领导能力让刘少奇大为赞赏，其实在来东北之前，刘少奇对这个年轻人的革命经历、能力素质早有耳闻。然，百闻不如一见，张贯一果然没有让他失望，这样不可多得的人才，刘少奇当然希望能将其留在东北，如此得一员大将，跃身骑一匹白战马，穿越林海雪原、东北雪国。

就这样，张贯一留在了东北。中原慈母倚门望，从此不见壮士归，一缕忠魂永远留在了那里，再也没有回过家乡。白头山白了又绿，绿了又白，家乡成了张贯一心底的另一个天池，高山无语，深水无波。张贯一牺牲二十多年之后，家人在组织登门拜访时才获知了消息。1958年，他的儿子马从云带着妻子方秀云和长孙马继光第一次赴东北寻亲，一家人跪在墓前放声恸哭。刹那间，白山狂雪，松涛阵阵，仿佛有一道道白幡挂在天地间。山河呜咽，白山处处埋忠骨，何须马革裹尸还。这趟东北之行，让马从云、方秀云对母亲长夜耿耿地给他们背曹植的《白马篇》"弃身锋刃端，性命安可怀？父母且不顾，何言子与妻！名编壮士籍，不得中顾私。捐躯赴国难，视死忽如归"有了一种椎心泣血的领悟。父亲终于没有归去，濛江白桦映忠魂。他们在靖宇县当地人的带领下，马从云沿着父亲当年走过的革命道路，一路寻访。在白桦林中，一位抗联老战士对马从云说："当年最难的时候，抗联战士就靠吃桦树皮艰难度日，官兵一致，指挥员也不例外，但苦难没有磨灭我们的斗志与意志。你父亲是好样的！"这位老战士送给马从云一块桦树皮留作纪念，从那时起，这块桦树皮就成了老马家的传家宝。

1988年，马继民第一次去给祖父杨靖宇扫墓，自此，只要时间允许，马继民都会在清明节北上拜祭。

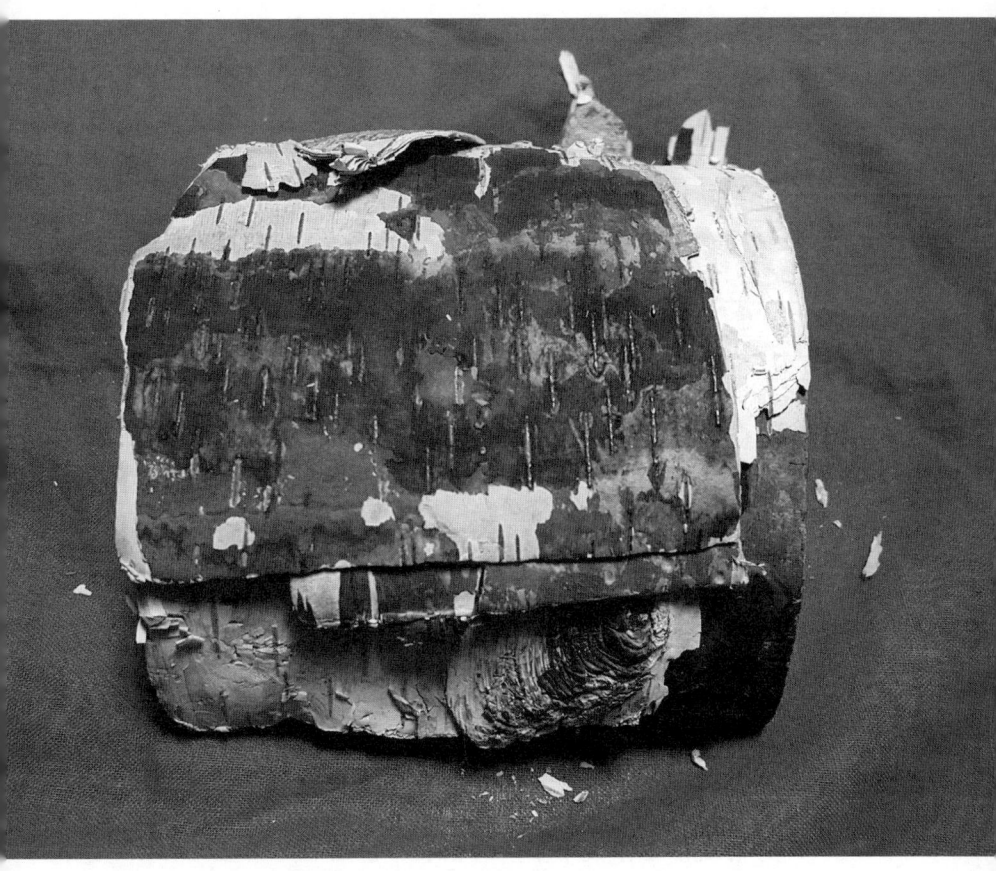

★ 马家的传家宝桦树皮。

濛江县是杨靖宇殉国之地，1946年2月14日,《为濛江县易名告各地同胞书》发布，濛江县易名为靖宇县，旨在纪念这位人生短暂而光辉的人民英雄。

为濛江县易名告各地同胞书
（1946年2月14日）

抗日烈士杨公靖宇，他是抗日联军的司令，他是一位优秀的共产党员（抗日联军是共产党领导），他死了已是6年了。他死在我们这个地方，葬在这个地方，我们是永远不会忘记了他的。因为他是死得壮烈，死得有代价的，他的死不是为了别的，而是为了中华民族，特别是咱东北父老的存亡，不愿叫我们当亡国奴，他的死是高度地发扬了中华民族的气节，他是威武不屈、富贵不移，他是革命先烈，他是民族英雄，他是优秀的中华男儿黄帝子孙。他是英勇的、坚定的、伟大的忠实于国家与民族解放事业的，为全人类谋利益的优秀的共产党员。他是我们民族的好榜样，6年前的今天，他为了中华民族，为了东北的不亡，为救咱东北的父老流尽了最后一滴血。对于他的死，我们既悲愤，又痛心；悲愤、痛心的是他死得太早了。回忆6年前他的起居生活和工作，他的司令部不是什么洋房、茅屋，而是丛丛的密林，深深的山沟；他铺的不是什么洋毯毡垫，而是乱蓬蓬的一堆野草，常与他的部下围坐在一堆野火边商量如何进攻敌人，如何坚持东北抗日；他吃的是火烤的豆饼片，渴了他喝几口雪水；晚上天上的星星闪耀着，好像自然界赐予他们的电灯。自从杨司令死后，日本鬼子在这地方更加猖狂，所行无阻了。出劳工、拔国兵、青年训、出荷、献纳金、采葡萄、打明子，少吃缺穿，饥寒交迫就更加重了，也就随着他的死落到我们身上了。也就是说，杨司令死后，有不少的人民受尽了敌伪的侮辱和拷打，监狱里、刑场上、煤矿里、大道上、壕沟里、明子树下、葡萄蔓里（打明子、采葡萄是我们濛江百姓特有的苦衷，别的地方所尝受不到的），饿死、冻死、跌死、打死、压死、电死、洋狗咬死的人不知有多少呢！杨司令不愧为我们的救星。杨司令为了我们的存亡而牺牲了，我们悲伤，我们追悼他，祭吊他为国为民的伟大精神是永远活跃于人间的。在日本帝国主义进攻之下，在国民党不抵抗卖国求和妥协的亡国政策之下，杨司令牺牲了！我们忍受了人间少有的14年地狱生活，我们为永远纪念杨司令，故将濛江县改为靖宇县，以作长久纪念。请大家不要再叫濛江县而称靖宇县，来追念抗日救国的先烈杨靖宇司令吧！

濛江易名靖宇，以一个英雄之名为县名，杨靖宇是第一个，当然不是最后一个。这篇靖宇县全体人民为濛江县易名发布的《告各地同胞书》，现存于杨靖宇将军纪念馆。一页发黄变脆的纸文，甚至连墨渍都有些洇染，模糊，但矢志易名的誓愿与决心力透纸背，跃然纸上。

杨靖宇诞辰百年时，吉林、河南两省都策划了一系列

★ 《为濛江县易名告各地同胞书》影印件。

隆重的纪念活动，马继民应邀参加了白山市纪念杨靖宇诞辰100周年、殉国65年大会，当过兵的马继民在言谈举止间有几分祖父的神韵。作为家人代表，在现场发言时，马继民言辞恳切，情动四座，由此进入了当时白山市靖宇县主要领导的视野。一个大胆的想法在开始酝酿讨论阶段之初，就分成了两个泾渭分明的阵营。"杨靖宇孙子将任靖宇县县长助理"的消息不胫而走，迅速在网上引起了轩然大波，有人点赞叫好，说可以促进、带动靖宇县的红色旅游；有人冷嘲热讽，说孙子想借着祖父的名望走仕途；还有人质疑程序的合法性。在一片热议与非议声中，马继民征得家人的同意之后，选择了北上就职。手捧滚烫的聘书，马继民的眼窝里噙满了泪水，他知道从这一刻开始，自己的命运就要与这个边陲县城紧紧连接在一起了。不！其实早就连在一起了，从祖父杨靖宇踏上这片白山黑水的那刻起，就已经连在一起了。

走马上任靖宇县县长助理一职后，马继民着实费了一段时间才适应了新的角色，他的日常工作包括挖掘整理杨靖宇的事迹和精神以及东北抗联文化；协助靖宇县做好与河南省有关县、市部门的经济协作和交流；协助抓好红色旅游，参加东北抗联纪念园规划、协调、建设工作。借由这样的工作机会，马继民更加走近了祖父，了解了他的精神世界。

那时，爷爷的脚步还未叩响长白山。张贯一在领导策划"红五月"抚顺矿工大罢工时，只身一人潜入抚顺的千金寨露天煤矿。在登记身份时，负责招工的工头按照惯例询问籍贯，出于自我保护的警觉，张贯一随口答道："我是山东曹县人，叫张贯一。"负责招工的人睨了一眼人高马大的张

★ 马继民在靖宇县。

贯一，调侃道："唉呀妈呀！果真是个山东大汉呐！名不虚传呐！"曹县隶属于山东菏泽，鲁西南口音与河南口音有几分相似，想必负责招工的人并没有起疑。"张大个子""大老张""山东张"就成了张贯一在矿上的绰号。起初，矿工们对陌生的张贯一心存芥蒂，处处设防。面对此情此景，张贯一不急不躁：是啊，发动群众的工作，怎么能在朝夕之间一蹴而就呢？读书时发动同学闹学潮，暑假期间在河南老家搞农会，组织暴动，策划起义，哪一件是手到擒来呢？往事历历在目，张贯一心想：活人不能让尿憋死，别人不搭理我，难不成我还不能主动找别人唠嗑嘛！

　　一个杰出的革命家，往往是一个成功的鼓动家。张贯一生得星眉朗目，堂堂正正，脸上写满了刚毅，且早就练就了振臂一呼的演说才干。无论是下矿刨煤、运煤，还是回到工棚休息，遇到年长的他就喊声"大伯"或"大叔"，见到年轻的不是"大哥"就是"小兄弟"。即使如此，工友们依旧对张贯一设防，态度不冷不热、不咸不淡，而他不为所动，依旧保持着想融入他们的热情。他身强力健，干活麻利，帮起工友来也不遗余力，还常常拿出自己的钱财与粮食接济工友。终于有一天，一位年纪稍大一点的老工友按捺不住内心的狐疑，单刀直入地质问他："张大个子，你这么好的体格，按说能找到个好活计啊！我看你身上也有余钱，不像我们这些等米下锅的主，不来这矿上卖命就活不下去！你到底图个啥？而且你也不像那日本人养的狗，之前我们上过当了，你跟先前那些替日本人卖命的乔模乔样的狗崽子不一样！你到底是什么人啊？"

张贯一知道时机已经成熟，沉声道："我是跟大家一样的穷人！"他停顿了一下，又补充道，"一个专门替穷人说话的穷人！"

老工友愣了一愣，心领神会。一传十，十传百，工友们相继打消了对张贯一的怀疑与敌视。就这样，张贯一很快就摸清了抚顺煤矿的基本情况。当时的抚顺有近十万的产业工人，包括煤矿工人、铁厂工人、铁路工人以及电厂工人。日俄战争之后，随着俄国的战败，抚顺彻底成为日本侵略者的控制区，政治、经济、文化领域无一例外被深深地烙上日本侵略者的印记。近十万产业工人中，生存条件最差、受压迫程度最高、生命安全最没有保障的就是煤矿工人。日本人把持着矿业的经营，强迫矿工在没有任何安全防护的条件下，进矿井作业；不仅随意延长工时，增加劳动强度，而且随意裁减员工，对其呼来喝去甚至打骂；更有甚者，还钻取金融混乱的空子，利用货币兑换压榨矿工微薄的收入，如发薪水的时候，发的是日本金票，等到矿工去兑换银元时再赚取其中的差价。发生瓦斯爆炸、矿坑坍塌、冒水等矿难事故，更是草菅人命，不组织救援，不实施营救，任井下的矿工自生自灭。

亲身体会再加上暗中走访，每一个信息背后的苦难都让张贯一怒火中烧，这里不就是活生生的人间地狱吗？他趁热打铁，将反抗的革命火种根植于他所能接触到的每一位矿工心中。正是因为有了坚实的群众基础，才有了"红五月"反裁减、反加班、反打骂工人大罢工的成功。人心向背决定生死存亡，更是革命能否取得成功的先决条件。

张贯一遵照组织安排留在东北工作，一腔热忱地再次回到抚顺，准备大展宏图，却因为叛徒出卖而被捕了。

关于爷爷在狱中所受的非人折磨，马继民每看一份资料，都忍着椎心之痛。

最喋血之痛的，其实是忠诚被背叛，信任遭亵渎。抓捕张贯一的时间、地点，皆为叛徒提供的准确消息，所以被捕时接头地点的情报，包括满洲省委的文件、信件以及宣传品一并被敌人缴获。从后人的角度看，一心扑在工作上的张贯一，从来没有想过与自己朝夕相对的同志会叛变革命，这个实心眼儿的中原汉子，对自己的同志除了信任，还是信任。在老家河南，张贯一也曾三次被捕，斗争经验相对丰富，这一次在抚顺被叛徒出卖而被捕，是他人生中经历的第一次被背叛。多年之后，在杨靖宇生命的最后时刻，把他逼至人生绝境的，同样也是曾经出生入死的战友、生死与共的同志。

被捕之后的张贯一强迫自己以最快的速度在大脑中检索了一遍自己的行动轨迹，从敌人守株待兔的抓捕手段来看，他知道自己的行踪肯定是被人泄露了。万幸的是，自己被捕时，身上和行李中没有一丁点可以授人以柄的东西，敌人缴获的情报都是从接头地点——福合客栈房间里的茶叶筒中搜出来的。自己刚到抚顺没多久，与自己直接接触的人寥寥无几，差不多处于单线联系状态，只要能够自圆其说即可逃过一劫。最坏的程度不过就是跟叛徒当面锣对面鼓，然而在单线联系的状态下，并没有第三方佐证两人的关系，到时候一推二六五，一口咬定不认识，一概不认账，敌人能奈我何！

当天晚上，张贯一就被连夜审问。先是一轮唇枪舌剑。

张贯一用自己的一套说辞，将敌人驳斥得哑口无言。他自称是来抚顺做皮货生意的杂货商人，初来乍到，住进了福合客栈，压根不知道茶叶筒里有东西，自己在房间里连屁股都还没坐热乎呢。张贯一还反问道："假如我是共产党，我会把那么重要的东西摆在那么明显的地方吗？你们见过这么缺心眼的共产党吗？"

张贯一的以攻为守让日本人大为意外，如果不是因为叛徒的告密，张贯一的应对可谓天衣无缝。然而，掌握了确凿证据的敌人哪肯罢休，既然普通的审讯无法撬开张贯一的嘴，那就只能动刑了。被捕的当天晚上，张贯一就遍尝了警察署的一应刑具。蘸了水的皮鞭、灌辣椒水、上大挂、压杠子、拉手脚、刺指甲、烙胸口……昏死过去了，就泼一桶凉水，醒来之后，再换一种刑具继续……这样的刑讯整整持续了一周，张贯一被折磨得奄奄一息，伤口大面积感染，人也发起了高烧，几度昏迷不醒。张贯一在心中也做好了随时牺牲的准备。

就在张贯一生命垂危之际，敌人突然改变了策略，不再对他刑讯逼供，转而留他一条性命，以待其他图谋。于是，徘徊在生死边缘的张贯一捡回来一条命，伤势好转后，警察署以"违反治安维持法"为名，将其交由抚顺市地方法院。多年之后，人们在一份日伪档案资料中，发现了抚顺地方法院详细记录对张贯一审讯过程的笔录。

问：姓名、年岁、籍贯、住址、职业？
答：张贯一，27岁，山东曹州府曹县李庄，现住新站福合客栈子开杂货商。

问：你怎样入共产党，将实情说出？

答：小的本年7月11日（阴历）由家来到千家寨，是打算做个小生意，不期受人牵连，至福合客栈被捕，我与王振祥等并未见过面，怎能有入共产情事。

问：你与王振祥是同时被捕吧？

答：小的与他们是同一天被捕不差，但被捕原因是另有别情。小的到该客栈居住，第二日后经日警检查说我是上海人，并行迹可疑。说硼酸粉是毒药，最后看有张若云致王振祥的一封书信，以共产党犯带到日警署刑讯致伤，送于医院疗治。其在他处被捕之人已先送县啦。

问：张若云怎样给你写与王振祥那封长信？

答：小的由家来至青岛，遇乡亲张若云，给我写了一书，是叫王振祥关照招待我的意思，谁知那封信厉害呢。但那书信仅以导致王振祥有涉共产党之嫌，但小的并不知王振祥是共产党犯，有该函可证，况两个尚未晤面呢。

问：那红旗和印刷品等物不是你的证据，怎还狡辩呢？

答：药品、书信是我的，此外各物实不是从我处搜出，是从范青[①]他住那边翻来的，是他们送药时留下的，想小的如是共产党者，怎敢不自检点，把那违禁东西放在明处呢。

---

① 即王振祥。

问：你加入共产党即当承认不讳，何必狡辩呢？

答：小的实不是共产党，当然不能承认的，实详予调查吧。

这份审讯笔录的签名是"张贯一"。不久，抚顺市地方法院又将案子移交至辽宁省高等法院，最终以"反革命嫌疑罪"判处张贯一有期徒刑一年半。刑满释放三天之后，张贯一不幸二次被捕入狱。直到1931年"九一八"事变后，才被党组织营救出狱，重获自由。

1931年9月18日傍晚，日本关东军铁路守备队柳条湖分遣队队长河本末守为首的一个小分队以巡视铁路为名，在离东北军驻地北大营800米处的柳条湖南满铁路段上引爆小型炸药，炸毁了小段铁路，嫁祸于中国军队，并以此为借口，炮轰中国东北军北大营，"九一八事变"爆发。在张学良的不抵抗命令下，东北军北大营八千守军不堪一击，日军长驱直入。局势急转直下，在不到半年的时间里，整个东北三省，一百多万平方公里的土地悉数被日军收入囊中。不久，伪满洲国成立。

1931年9月19日，中共满洲省委发表《中共满洲省委为日本帝国主义武装占领满洲宣言》。这是中国发布的第一篇抗日宣言，同时也是第二次世界大战史上，向法西斯发出的第一封宣战书！宣言公开申明了中国共产党抗日的17条主张，明确指出，"九一八"事变是日本帝国主义蓄谋已久侵略中国，忘图将中国变为其殖民地"所必然采取的步骤"，提出"只有工农兵劳苦群众自己的武装军队，是真正反对帝国主义的力量"；号召东北军队、工农兵劳苦群众"发动游击战争"，在共产党的领导下将日本帝国主义逐出中国！

1931年9月20日，中共中央发表《为日本帝国主义强暴占领东三省事件宣言》。在国家民族的危亡时刻，中国共产党挺身而出，旗帜鲜明地表明了立场与主张。

秋空蓝得有点眩目，张贯一走出囹圄，获得了久违的自由。出狱后，他拖着疲惫的病体，连夜奔赴哈尔滨。在夜幕下的哈尔滨工作了一年之后，他转战南满大地，一个"杨靖宇时代"即将到来。

又一场蓄谋已久的台风悄然逼近，靖宇县气象台发布暴雨预警信号。珠子河嗅觉灵敏，河水像一锅煮沸的开水般汹涌奔流。我陪着马继民在河边静默，等待风起。

杨靖宇时代开启

相见欢·杨将军在南满

将军南满平川。美名传。率领抗联驰骋、在山巅。
白驹过。前路难。朔风寒。失地何时恢复、共欢颜。

靖宇县政协教科文卫主任王德金发给我一个地址。

台风"海神"威力不减,风大雨狂,我的伞时不时被风吹得反转成一朵朝天怒放的喇叭花,路上积水横流,"乘风破浪"步行15分钟,终于带着一身水汽,深一脚浅一脚地找到了他的办公室。

王德金的办公室摆了一面墙的书橱,凑近前细细端详,清一色都是与东北抗联相关的书籍;办公桌上稀稀拉拉摊着的一堆也是,有的书被翻得卷了页,有的还夹着写得满当当的便笺纸。原本有心索要一本,鼓了好几次勇气,都没好意思张开口,采访到最后,干脆打消了念头,因为他说自己这些藏书里没有一本闲书。

王德金说关于东北抗联文化的研究主要分为几个派别，有寻访当年抗联老战士的口述史录派，也有依据日伪资料研究的一派。两者均有可取之处，但又都管中窥豹，只见一斑。日伪资料有其翔实与精准的一面，比如说战斗的伤亡人数会精确到个位数，但是其中一些由间谍或叛徒提供的信息，便失之毫厘，谬以千里，如将杨靖宇将军写为北京大学毕业。口述史录派的问题就更多，因为年代久远，接受采访的抗联高级将领与老战士的记忆难免混淆、混乱，有时候一个人在不同时期能说出自相矛盾的两种版本或多种说辞。王德金说他这些年的工资，有一半都用来购置图书，但这些图书也不尽如人意，这一本与那一本在表述同一件历史事实时竟然千差万别，更不用说时间的谬误、人名的谬误、地名的谬误……如此，真相就被掩埋进了历史的灰烬中。所有的历史，都是当代史；可历史，从来不缺谜团！

我问王德金："你觉得自己的研究有意义吗？"

王德金斩钉截铁地说："有！东北抗联的历史脉络是清晰的，杨靖宇将军的丰功伟绩是真实不虚的。我研究这段历史，是出于对家乡、对祖国的热爱，对英雄的尊崇。爱国，是每个中国人心中无比自然和宝贵的情感。如果丧失对历史的记忆，我们的心灵就会在黑暗中迷失。忘记历史就意味着背叛。"

对于杨靖宇将军短暂而光辉的一生，乃至他每一个人生的节点，王德金都如数家珍。无论是正史，还是轶事，都能信口拈来，讲得绘声绘色，让闻者顿生身临其境之感。那天，在他并不宽敞的办公室里，我们尽情探讨、争论。

窗外的凄风苦雨仍频，风雨连天幕，杨靖宇进南满，也遇上这样的天气吗？

1932年11月的南满，秋风梳林过尽，大烟儿的雪花接踵而来，是杨靖宇带来的抗日飓风吧。根据中共满洲省委决定，张贯一以特派员身份去南满磐石、海龙等地巡视，指导工作。从那时起，张贯一从革命形势复杂的敌占区，到了真刀真枪的武装抗日斗争第一线。以前的工作性质，大"隐"于市，隐秘而伟大，而现在则是将自己的腹背，彻底暴露在了敌人的有效射程之内。在挺进南满之前，张贯一悉数掌握了南满大地上的反日民众武装情况，对他们之间的纷争、是非摸得一清二楚，真正意义上是受命于危难之际。他清楚自己将要面临的重重困难，也知道自己将来面对的严峻形势，既踌躇满志又充满了担忧。在来的路上，他一边提醒自己不要事先下结论，不要先入为主，但同时也在预估，也在研判，也在冥思苦想到达南满之后的应对之谋、破局之策。彼时，与张贯一同时启程的还有其他几位同志，分别侧重组织发动，指导帮助东满、北满以及吉东的抗日革命工作。他们像一粒粒火种以爆裂之势四散开来，虽然是点点星星之火，然，必将能在白山黑水间燃起抗击日本侵略者的燎原烽火。

"九一八"事件之后，东北大地上涌现出了众多的抗日武装组织，他们各自为战，彼此之间井水不犯河水，以自己独有的方式抗击着日本侵略者。中国共产党东北党组织身处抗日救国的最前线，派出了大批干部，在革命条件成熟的地方组建自己的武装，成为东北大地上抗击日寇的有生力量。在南满，中共磐石县委领导的"打狗队"威名远播。在张贯一到来之前，中共满洲省委先后派杨君武、张振国、杨林等来磐石巡视，指导他们开展武装斗争。在党的领导下，"打狗队"迅速发展壮大。1932年6月，"打狗队"正式改建为磐石工农反日义勇军，队长张振国，杨君武担任政委。这支队伍初期以朝鲜族队员居多，汉族队员只占五分之二。这是中国共产党在南满地区建立的最早反日武装力量。

磐石工农反日义勇军甫一高擎大纛，便招致日伪当局的多次疯狂绞杀。政委杨君武负伤，多名队员牺牲，装备武器也有不同程度的损失，磐石工农反日义勇军遭受重创。此时，反日义勇军内部也出了问题，队伍几度易帜，干部之间相互猜忌，因革命队伍斗争阵地和去向而引发的争执，使得这支年轻的革命队伍濒临分裂、解体。张贯一就是在这样的情况下来到磐石的。

在来磐石的路上，张贯一作了无数的假设，但现实状况似乎比他假想的最坏还要糟糕上许多。途中，张贯一先后两次被人劫持，第一次是被已经脱离磐石工农反日义勇军且反目成仇的常占队伍扣押，第二次是被山林队的六国军挟持，万幸均有惊无险。其实，在某种意义上说，路上的这两次意外，不仅让张贯一对磐石工农反日义勇军的现状有了更深刻的体会，更为重要的是，他已经运用丰富的发动群众的工作经验，游说这两支队伍，假以时日，就能把他们拉回到抗击日寇的正轨上来。

茫茫林海,何处为家。冬月的南满,千山飞雪万壑白,气温低至零下四十摄氏度,滴水成冰。那天,正值吃午饭的光景,张贯一历尽千辛万苦,在苞米楂子的香气中抵达了磐石工农反日义勇军的驻地。果然,不出他所料,一种低落、消极、绝望、悲观的情绪笼罩在每个战士的心头,人人食不知味。在众人的礼让中,张贯一拿出自己的搪瓷缸盛了饭,跟战士们吃了一顿见面饭。关于与张贯一的第一次见面,后来多位抗联战士的回忆录都不约而同地将其描述为"平易近人、和蔼可亲、没有官威、没有架子,但是一位庄严的政治家"。

张贯一一改以往上级特派员的工作方式,将安排工作换为谈心谈话,一对一,一对多。通过交流谈话,倾听干部和战士的意见与建议,队伍自己为自己的现状与困难号脉问诊,在商量与讨论中化解分歧,找到解决矛盾点的最佳途径与方法。关于易旗改制的问题,在讨论中得到了妥善的处理;关于团结与互信的问题,开诚布公的批评与自我批评发挥了重要的作用,没有因为自我批评降低了人格、丢了面子,也没有因为相互批评而面红耳赤、剑拔弩张;其中,分歧最大、耗时耗力最多的是磐石工农反日义勇军这支队伍下一步的前进方向,是坚守磐石进行游击战,还是去往东满,抑或是退守苏联避难?在这个问题上,讨论一度陷入了僵局。张贯一知道,此事急不得,思想认识上的问题一天不解决,就一天无法统一,直接影响下一步的工作,以及这支队伍未来的命运。一天不行就两天,两天谈不拢,就再加一天……这期间,张贯一给同志们做了无数的假设。假设离开磐石，假设去往东满，假设到了苏联，大家沿着张贯一的假设再去延伸假设。这个"假设"的过程，其实就是大家一起讨论后续的革命工作如何开展，将会面对怎样的局面与形势，以及如何应对变局。每一种假设都有各自的拥护者，他们群情激昂，畅想一番。张贯一冷静旁观，他会在同志们的想法理想化到天马行空的时候，提点一下，让大家对革命形势的复杂性多一分清醒的认知。讨论时而热烈，时而陷入一片死寂，几天下来，讨论的结果居然是留守磐石、驻守南满才是最佳方案。而这正是张贯一想要的结果。时至今日，以今人之眼光来看张贯一当时的决定，不正是冥冥之中自有天意吗？彼时的张贯一觉得火候到了，时机已经接近成熟，他顺势向前一步向大家宣布了自己的革命主张："我们是中国共产党领导的人民军队，我们首先应该把共产党的旗帜亮出来，我们要有我们自己的根据地，我们的群众基础在磐石，群众的拥护与支持是我们抗日反满胜利的基石。"就这样，在张贯一的耐心引导下，磐石工农反日义勇军从干部到战士的思想统一起来了。按照满洲省委指示，磐石工农反日义勇军改为中国工农红军第三十二军南满游击队。大家摩拳擦掌，准备大干一场。

确定留守磐石之后，新改组的中国工农红军第三十二军南满游击队突袭了闻名南满、欺压乡里的反动大地主于宪庚，缴获了他的枪械武器，并将其公开处决。南满游击队的这一举动，迅速赢得了长期遭受地主迫害的当地群众的拥护。眼看着磐石工农反日义勇军改组成功，张贯一又将这一成功经验运用于海龙工农反日义勇军，将其改编为中国工农红军第

★ 磐石县红石砬子抗日根据地。

三十七军海龙游击队，并督促他们扎根龙岗地区建设革命根据地，壮大队伍，开展反日游击战争。应该说，张贯一的这趟巡视成效卓著，整顿了抗日武装，完善了磐石县与海龙县的党组织架构。除此之外，张贯一在奔波行走的过程中对南满地区的政治、经济、文化，尤其是地理环境均有了深入了解，为他日后领导南满抗日斗争打下了坚实的实践基础。虽然那个时候他并不知道这里将会成为他人生的主战场。

蛰伏南满多月，见惯了大烟儿的风雪，总是一阵压过一阵，张贯一发现：世间万物，莫过于此，犹如一夜疾风，时而波浪式前进，时而螺旋式飞升。革命实践也不例外。整顿一新、蓄势待发的中国工农红军第三十二军南满游击队在与反动大地主硬碰硬的较量中，初尝胜利果实，然而很快就接连吃了两场败仗，还有重大的人员伤亡。刚刚被张贯一点燃的革命火苗，再次变得奄奄一息，士气一落千丈，很多人开了小差，离开了革命队伍，革命力量锐减。这些变故发生的时候，张贯一恰好在海龙县指导工作，得知情况后，他快马加鞭，在第一时间赶回了磐石。

这一次，张贯一没有再重复之前的谈话讨论，而是斩钉截铁地做了三项决定：举行追悼会，整顿队伍，改变战斗打法。

猎猎寒风中，碧血千秋。张贯一站在牺牲英烈的追悼会场中，向全体指战员发出倡议："我们要踏着烈士血染的足迹，继承烈士的遗志，将革命进行到底！"一时间，群情振奋，"血债血偿！报仇雪恨！"的口号震撼群山，一场追悼会悄然提升了部队的战斗士气，一扫之前的颓废与委顿。

也就是在这里，在此时，张贯一将自己的名字正式改为了"杨靖宇"，留在中国工农红军第三十二军南满游击队担任了政委一职。之所以改姓杨，张贯一考虑的是前任政委姓杨，最好沿用杨姓，这样对外仍旧宣称"杨政委"，虽然此杨非彼杨，但是前任政委威名远播，一来可以借势，二来也是为了避免因为人事更迭，让群众对这支队伍的稳定性产生怀疑。"靖宇"二字，就像之前他给自己取名"贯一"一样，是经过了深思熟虑与慎重考量的。当时的南满游击队中，朝鲜族战士居多，他们平时都是用朝鲜语沟通交流，只会讲一点点的汉话。"杨政委"在朝鲜语中的发音接近于"杨靖宇"。"靖宇"二字在汉语中更有驱逐外敌之意。张贯一大手一挥，欣然决定："从今天开始，我的名字就叫杨靖宇了！"此后，他再也没有更换过名字，杨靖宇成为伴随他一生的名字，也成为中国抗战史上一个伟大、彪炳千秋的名字。

在南满游击队的两项整改到位之后，杨靖宇果断出手，主动出击，向反动大地主宣战。战斗开始前，杨靖宇制定了周密的战斗方案，知己知彼，百战不殆，一举消灭了五名汉奸地主，并把没收的财物、粮食分发给当地的群众。随后在群众的支持下，袭击了驻守在老虎岭的日本关东军独立守备队，打击了驻守庙岭的伪满军，以少量的损耗，赢得了两场胜利。这两场来之不易的胜仗让南满游击队一雪前耻，提升了士气。

杨靖宇带领的中国工农红军第三十二军南满游击队，仿佛战神附体，胜仗一仗接着一仗，磐石地区的抗日斗争开展得红红火火，令敌人闻风丧胆。磐石根据地的工农群众欢欣鼓舞，南满游击队对他们而言，就是驱散黑夜的太阳，他们心向太阳，不但主动为游击队募集、补充军需，更有许多青壮年劳力报名参加，成为游击队队员，甚至部分离开队伍的游击队队员也再次归队。不仅如此，南满游击队还成功地策反了几支伪满军队，壮大队伍的同时，极大地震惊了日伪当局。

木秀于林，风必摧之，何止一个自然界啊，万事万物均如此。南满游击队雪地崛起，作战不凡，很快招致敌人的疯狂反扑。从1933年1月至5月间，南满游击队在杨靖宇的率领下成功冲破了敌人的四次围剿，在与敌人的激战中，打出了这支部队的赫赫声威。然而，南满地区的抗日形势依然严峻，日军的围剿刚落幕，新一轮的征战又开始了。杨靖宇敏锐地意识到独木难支，只有众木才能成林。除了中国共产党领导的红军游击队，在南满大地上还活跃着多支抗日武装，如果将其整合，凝聚成一股合力，必将能够产生不可预估的巨大能量。

林海莽荡，出路在何方？就在杨靖宇一筹莫展之际，1933年1月26日，中共驻共产国际代表团向中共东北党组织发出了《给满洲各级党部及全体党员的信——论满洲的状况和我们党的任务》，史称《一二六指示信》。这封信对正深陷泥淖的杨靖宇而言，无疑是茫茫大海中的灯塔。指示信将东北抗日武装大致分为四个类别：东北军的旧部、以工人为主体的部队、农民武装以及中国共产党领导的红军游击队；明确提出了在东北建立反日统一战线的策略方针，标志中国共产党在东北策略方针的重大转变。指示信还指出："要广泛发动群众，团结一切可以团结的力量，建立和扩展抗日民

★ 《一二六指示信》（局部）。

族统一战线，组建中国共产党领导的抗日武装，掌握东北抗日斗争的领导权。"

一纸薄薄的《一二六指示信》，像沉甸甸、暖乎乎的炭火，杨靖宇反反复复地阅读、领会，把每句话、每个字都揉碎了，读透了。指示信如炭火炙烤着他的心，他的心跳加速，血液变得滚烫。一月的东北大地，冰天雪窖，天寒地冻。然，杨靖宇丝毫不觉得冷，他把马灯拨得更加明亮，他要立刻，马上，起草一份传单，把内心的这份灼热心声化为文字，让更多的人知晓。他提笔写下第一行"同胞弟兄们、抗日战士们"，在书写冒号时，蘸足了墨汁的毛笔在纸上点出的两个墨点洇染在一起，合二为一，杨靖宇浑不在意，他继续笔走龙蛇、行云流水般地往下写：

日寇强占我国土，并吞我东北。我东北四千万同胞，个个做了亡国奴隶！我们冰天雪地，出生入死，奋不顾身，英勇杀敌，其目的何在？是在抗日，在救国，在收复失地。我们的目的都是相同，照理应当联合一致，共同抗敌才对。但是，各部队之间，不仅少联络，不通气，而且相互对骂，动辄冲突，为日寇耻笑事小，障碍救国神圣事业实大。亡了国家，当了奴隶，我们自己同胞弟兄，还相互对骂为红胡子，为无极道，为国民党，为共产党等等。唇亡齿寒，古有明训！

走笔至此，杨靖宇放下笔，凝视着黝黑的夜色。夜色如潮，铁幕锁云，就像当下的局势一般。这盏马灯，只能照亮桌面的大小，让桌子上的大小物件尽享光明。杨靖宇的房间并不大，除了桌面这一米见方的明亮之外，屋内的大部分空间依旧处于暗黑之中。如果说南满游击队身处光明之地，志在抗日救国、收复失地，日寇是唯一敌人，应当打倒。中国人除少数汉奸外，皆为同胞。凡属同胞，不就应该不问其信仰、阶级及党派等等之何属，只问其是否抗日救国。凡抗日救国者都是战友，不管过去是否闹过意见，或互相对骂过，或彼此冲突过，一概既往不咎，求同存异，开诚布公联合起来，真诚合作。如果不能真诚团结，仍继续保存门户之见互骂、冲突，就上了日寇的阴谋大当。日寇天天放空气，造谣言，说某队是红胡子、是国民党、是共产党，其目的是分裂、挑拨、离间抗日战线。联合各党各派，共同救国图存，是目前救国自救的唯一出路。"成立抗日反满联军！"一个大胆的念头在杨靖宇心中升起。

　　杨靖宇稳稳心神，内心的激动让他握笔的手微微震颤。毛笔在砚台上反复翻转着，一下，两下，三下……待笔锋调至最佳，心中的想法已经趋于成熟。

　　　　成立抗日反满联军之条件，本队提议：一、抗日反满救国到底，收复失地；二、没收日寇及卖国贼财产，充作抗日反满战费；三、联合并组织全国百姓，共同抗日反满；四、战利品各军按比例分配。此四项条件，乃抗日反满联军之共同信条，亦即抗日反满联军奋斗之目标也。本队派某某等为代表，希望各义军部队均派出代表磋商成立抗日反满联军的具体方法，及共同成立抗日反满联军之日期。

一匹白马从雪原上横空出世，蹄声嘚嘚，踏在雪地上，有裂帛之响；而在当时的白山黑水间，何止一匹白马，而是一队队快马奔跑在南满大地上，每个骑士都怀揣着杨靖宇的亲笔信件，他们往返在一支支抗日武装之间，摒弃门户之争，搁置内心的傲慢与偏见，一切以抗日大局为重。在杨靖宇的积极斡旋下，南满游击队、马团、赵团、毛团、宋团、韩团、许团、三江好、四季好、串江龙、常占等多支抗日武装领导人心平气和地坐在了一起，成立了反日联合参谋部。不久，遵照中共满洲省委指示，"中国工农红军第三十二军南满游击队改名为东北人民革命军第一军，可在条件成熟时成立第一师"。

1933年9月18日，在"九一八"事变纪念日，东北人民革命军第一军独立第一师宣告成立，向公众宣告了东北人民革命军的政纲：1.推翻日本帝国主义及其走狗"满洲国"政府在东北的统治，驱逐日本帝国主义海陆空军滚出东北及全中国。2.没收日本帝国主义在东北的银行、矿山、交通工具、海关及其他企业和日本帝国主义的财产，作为反日军费及分配给一切反日战士、雇农、贫农和救济灾民、难民。3.武装民众并予以民主权利（言论出版集会结社罢工二八分粮的自由）。4.结成民族统一战线，彻底执行反日反帝民族革命战争，打倒日本及一切帝国主义。5.打倒出卖民族利益的国民党及一切反革命派别。6.建立东北民众选举的人民革命政府。7.拥护对日宣战和争取全中国的独立统一和领土完整的中华苏维埃临时中央政府和红军。8.拥护正确坚决领导民族革命战争的中国共产党。9.中韩蒙被压迫民族亲密联合起来，打倒共同敌人——日本帝国主义及"满洲国"政府。10.拥护世界反帝大本营苏联和苏联民族亲密的友谊联盟。

在成立大会上，杨靖宇被推选为师长兼政委，他慷慨激昂地宣布了致全东北三千万民众宣言。宣言的发表，为东满、北满以及吉东地区的抗日民族统一战线探索了行之有效的工作方法。大家纷纷效仿。一时之间，东北的抗日统一战线由南满破局，以点带面，促使整个东北开辟出了全新的局面。

中共满洲省委致电视贺，电文说：

> 你们与日本强盗及满洲国走狗作残酷的流血战争，多次冲破日满匪军的围剿，获得伟大的胜利，这完全是战斗员英勇作战及指挥员坚决指挥的成绩。你们正式成立人民革命军第一军独立第一师后，你们的任务更加重大了，你们的任务是要驱逐日本一切海陆空军出东北，收复失地，保护中国领土的完整，与民族的独立和解放，打倒满洲走狗国的统治，建立民众的政府，这一重大的任务需要更大的决心来完成。
>
> 冬天将到，高粱将倒，青纱帐的掩护就要没有，你们是不是感受到失却掩护的困难呢？但是你们要了解广大群众的拥护，比之青纱帐要胜几千倍几万倍，你们要帮助群众斗争的组织，并发展广大群众的秋收斗争，把秋收斗争与武装反日斗争，密切联系起来，就会千百倍

地增大反日的力量，广大民众会深切了解人民革命军是他们的武装队伍，才能热烈地起来拥护你们，积极地参加到你们的队伍里来共同反日。……只有中国共产党始终站在反日最前线，坚决地领导一切反日斗争……

你们只有在共产党领导之下，坚决地与强盗日本及走狗满洲国斗争到底，首先就要为完成扩大游击区域及扩大数千队员而斗争。

政纲与宣言如同一面旗帜，引领独立第一师纵横于南满的白山黑水间，声威远震。巴黎出版的《救国时报》就曾报道过杨靖宇领导的第一军屡胜日伪军的新闻。《救国时报》，原名《救国报》，于1935年12月9日创刊，是中共中央驻共产国际代表团以巴黎反帝大同盟机关报的名义主办发行的。它的创刊，直接得益于共产国际，报纸的组稿和编辑工作由中共驻共产国际代表团在苏联完成，在莫斯科星火印刷厂进行排版，打出纸版后寄往巴黎的《救国报》报社，由那里的工作人员联系印刷厂进行印刷，之后，向国内和世界各国华侨发行。《救国报》在向国际社会宣传中国共产党的政治主张、方针政策和路线，展示中国共产党的国际形象方面，起到了积极的作用。

杨靖宇和东北抗联第一军也曾经收到过几期报纸，彼时报纸已经更名为《救国时报》。当时的日伪当局对新闻舆论严密封锁，在如此的管控下，东北党组织、抗日联军一度与中共中央失联，对国内的革命形势、发展态势知之甚少，即便获悉了外界信息，也是相对滞后的。为了彻底扭转这一被曾报道东北抗日联军第一军英勇战绩的《救国时报》。

动局面，杨靖宇派专人建立秘密交通站，专责传递《救国时报》。每当获得新一期的《救国时报》，抗联战士便会争相传看，哪怕是豆腐块大小的一篇文章也不放过，反复阅读，口耳相传。其中，《日寇铁蹄下的东北》《东北义军捷报》《抗联文告》《抗日烈士传略》……这些专栏文章不仅向外界积极传递了东北被日本帝国主义侵占后的真实情况，更真实记录了东北抗日联军的英勇活动和光辉战绩。

其实，《救国时报》的办报过程也不是一帆风顺的。树大招风，伴随着报纸影响力的日益扩大，麻烦也接踵而至。在巴黎的《救国时报》报社要应对各种检查，发往国内的报纸命运更是多舛，被查封、被扣留甚至被没收都是家常便饭。办报的支出非常大，尤其是印刷、邮递的费用。创刊不久，《救国时报》就陷入了经费不足、难以为继的窘境。1936年6月5日，《救国时报》发表社论向社会公开募集办报资金。在看到这一消息后，杨靖宇提笔写下《给巴黎〈救国时报〉的信》：

《救国时报》诸位爱国同志公鉴：
　　关内某代表来，带来贵报及其他救国刊物数十份，我们因为作游击战争，驻地不定，国内消息，非常隔阂。今得读贵报，全军如获至宝，无不争先抢阅；原先以为国内有些好报纸，诚不可多得，事后乃始悉，贵报在法国巴黎出过，且为热心爱国志士等所创办。从前，我们原听第四军李军长说过，巴黎有一个《救国报》，不但宣传救国，尤其同情义军，今读《救国时报》，不知与《救国报》有何关系？贵报之内容精彩，议论正确，故不必说，而所标出之宗旨为"不分党派，不问信仰，团结全民，抗日救国"，正与敝军之宗旨相合。我们的口号也是不分党派，不问信仰，只要是抗日救国的都一致联合起来。正因为如此，故贵报甚得敝军全体士兵的欢迎。我们应该更感谢贵报的，就是你们关于东北义军抗日的消息，登载独多，使我们全体士兵看到，抗日杀贼的意志愈益坚决兴奋。我们在不顾一切困难的情形之下，进行不断的苦战，正和你们的远在海外艰苦努力一样。看见贵报上所公布的各地读者捐款，知道你们的办报经济上是很困难，似有不能维持之势。贵报的救国事业，也即是我们的事业，我们艰苦，给养尚可获得各地人民之志愿供应，所以我们全体士兵都一致同意通过，由本月饷项中节约捐出国币1300元，作为援助贵报捐款外，并公推兄弟用全军名义致函贵报，聊申微意。捐款已设法由上海汇上，谅能收到。兹更代表全体士兵向贵报要求两点：第一，我们在关内设有东北义军情报处，向国内送发情报，请贵报尽量多登载东北义军之艰苦英勇的抗敌消息，藉以鼓起同胞救国勇气；第二，光靠我们东北义军收复失地，目前实力有未逮，故甚望贵报多在督促国内各党派及实力派团结各方尽量宣传，以期达到早日出兵抗日，并与我们会师。现在东北义军的实力尚有十余万人，所苦者给养与械弹常缺，不能给日寇以重创；倘使关内有朝能够出兵抗日，则东北义军之活动力必更加强，东北四省之河山固不难恢复旧观也。军中不便，恕用铅笔，草率不恭。

此致，救国的敬礼！

> 东北人民革命军第一军总司令杨靖宇率全体士兵同启
> 8月12日写于与日贼作战后磐石军中

《救国时报》在报纸上刊文鸣谢杨靖宇代表抗联一军捐款的义举，一时之间，海内外的捐款者纷纷响应，很大程度上缓解了《救国时报》的办报资金压力。

1938年2月10日，《救国时报》宣布停刊。消息传来，杨靖宇黯然神伤，东北党组织和抗日联军从此失去了一个可以了解国内外政治形势的通道和窗口。从这时起，东北党组织、抗联领导人与中共中央上级机关的联系逐步中断，东北抗联进入了最为黑暗的斗争时期。

1934年1月，中华苏维埃第二次全国代表大会在瑞金召开，出席代表700多人。会议选举毛泽东等175人为中华苏维埃共和国第二届中央执行委员会委员，杨靖宇位列其中。其实，杨靖宇并未出席这次大会，他在东北南满大地上开启了属于他的抗日时代。

风雨城墙砬子

点绛唇·风雨城墙

风雨城墙，聚齐勇士天行健。松涛呜咽。气壮凌霄汉。

铁骑纵横，鏖战东南满。西征难。归途梦断。何日春光灿？

台风"美莎克"前脚刚走，我后脚就到了靖宇县。我前脚刚到，靖宇县又迎来一尊"海神"——台风"海神"。看来真是命中注定，躲过了初一的"美莎克"，躲不过十五的"海神"！

雨势风势稍霁，王庆君就开着他的出租车出来拉活了。这辆车是刚换的，上一辆车熬到了报废年限，已被他送进了回收车间。

"海神"何惧，有战神保佑。王庆君的车上挂着一个吊牌，不是别人，正是杨靖宇的半身照片。他说："这都不算啥！我们家家户户都有杨靖宇将军的画像，年轻人不好说，上了岁数的人家里基本上都有！"在靖宇县，上至耄耋老人，下至黄髫小儿，几乎人人都能说上一两个杨靖宇的传说与轶闻。关于这一点，初到这座城市的那晚，在靖宇广场闲逛时我已经亲身验证过了。

当听我说出要去的地点时，王庆君脸上闪过一丝的犹豫，不过稍纵即逝。当我们从城墙砬子安全返回时，一进城区，就听到王庆君长舒了一口气，说："今天算我们好运气，这条山路经常出现塌方事故呢，刚刮了两场台风啊！那山体被大风大雨造得早就吸饱水了，那可是说塌就塌啊！咱们真是运气好，是杨将军保佑咱们哪！"在王庆君心中，杨靖宇是靖宇县，哦，不单单是靖宇县，而是全白山市，乃至整个长白山脉的灵魂。

王庆君的车开得又快又稳，他说，城墙砬子他来过无数次，有时是载像我这样的游客，有时候是他自己来。王庆君说他开车访遍了杨靖宇在靖宇县所有的印记。"像我这样的，在靖宇县一抓一大把！杨靖宇精神，在我们靖宇县对每个人都不一样。对我来说，我就服他的坚持。不瞒您说，我家日子难的时候，我就对自己说，杨靖宇当年啥条件啊，我现在啥条件啊，再难还能难过杨靖宇他们那个时候吗？这样一想，哎！日子就能过下去了！"

"美莎克"与"海神"前后相隔不足一周的时间，风过留痕，它们都在靖宇县境内留下了"可圈可点"的战绩。风势稍减，细雨迷蒙，从靖宇县城一路向西，再向南，足足一个半小时的车程，就到了城墙砬子会议旧址。路旁"城墙砬子会议纪念地""城墙砬子会议址"两块碑刻，一新一旧，比肩而立。台风带来了丰沛的雨水，山涧溪流水位暴涨，喷薄而来，状似狼奔豕突，横冲直撞；声如虎啸山林，气吞天下。林下有小径，曲折蜿蜒，想必枯水期的时候，是完全可以跨越小溪到对岸，若体能强健，心有余、力有足时还可以向上攀爬，翻越高高的山梁。

　　站在城墙砬子下面的巨石上，心下思忖，登高望远，念天地之悠悠，苍老的云朵下、山岗上，杨靖宇高大的背影也许并未走远。"砬子"是地道的东北方言，指的是由一块或多块岩石形成的地貌，也指坡度比较缓、高度不太高的悬崖，可以不用费大劲、太吃力就能攀爬的那种。砬子在东北地貌中并不罕见，所以关于城墙砬子会议旧址到底在哪里，一直是存有争议的。王庆君就曾经开着他的出租车寻访过好几处城墙砬子。虽然存在旧址之争，但1934年2月21日杨靖宇主持召开的城墙砬子会议，却是真实发生过的，而且还是东北抗日斗争史上一次非常重要的会议。

　　那天，是农历的正月初八，刚过完年没多久。过年的时候，杨靖宇让司务长费了老大劲为部队搞到了猪肉和白面。在大年三十晚上，部队美美地可劲造①了一顿年饭。

　　那天，共有17支抗日义勇军的领导人参加了城墙砬子会议。年味依然十足，寒暄、问候与拜年此起彼伏，大家的心情都不错，高声谈笑，气氛十分轻松。杨靖宇主持会议，其实在来之前，与会的人都收到了杨靖宇的亲笔书信，对于那天的会议主题与议题心领神会，毫无异议，但凡有一丁点

---

① 东北方言，不加限制地吃或用。

的异议者，也不会出现在当天的会场上。不来的托词可以找出上万条，而来的理由只有一个。所有顶风冒雪来参会议的17支抗日武装的领导人皆坚决反日，皆不侵犯劳苦群众的利益，皆不反对共产党，皆抱定了一个信念：把日本侵略者赶出东北，赶出中国！那天的会议之所以会被载入史册，是因为从那天开始，东北大地上的抗日反满斗争进入了东北抗日联军的抗联时代。

那天，东北抗日联军总指挥部正式成立了！

会议推举杨靖宇为东北抗日联军总指挥。这是第一个在广泛的统一战线基础上，完全由中国共产党创建、领导的抗日领导机构。

站在城墙砬子下的巨石上，杨靖宇慷慨陈词："我们南满抗日领袖们，在祖国山河欲裂，严重危难之际，向三省同胞宣誓：我们一致拥护中国共产党的坚决抗日主张，不分见解，不论信仰，枪口一致对外，我们一致联合起来，胜利是属于我们的！"

城墙砬子会议结束之后，由杨靖宇亲自起草的《东北抗日联军总指挥部布告》随即发布。在中央文献出版社出版的《杨靖宇纪念文集》中，我查阅到了这份珍贵的史料，虽然时隔八十多年，但即便是今天读来，依然令人心潮澎湃。

东北抗日联军总指挥部布告
（1934年4月）

东方的强盗日本帝国主义侵略我国领土，惨杀我群

★ 城墙砬子会议遗址。

★ 东北抗日联军第1路军总司令杨靖宇。

众，又烧毁山里的房屋，欺骗群众归乡，任意杀戮，满足其战欲，民间的痛苦已达极点。

而出卖民族利益的国民党直到今天四年有余，仍未出动一兵一卒，拱手将东北送给日本帝国主义。

于是我抗日军兴起，挺身负起保护抗日民众的责任，山里一带地势崎岖、人烟稀少，久为我抗日各军涵养实力之地，需严加保护，以图提高生产，或互相联合抗日。但最近有抗日军的败类，明面标榜抗日名义，暗中作出强奸、抢夺等非行。对于这些大胆不法之徒极有彻底铲除的必要，因此本军与真正的抗日友军会同协商，与大众共同铲除鼠贼。此外并许可广大群众组织反日会、农民委员会，协议抗日事项，以洋炮、大刀、棍棒成立农民自卫队。

在此布告后，倘仍有这种败类存在时，一定将其消灭，本军誓为群众的后盾，仰各安生，切勿惊慌，因各地群众未察知本联军的宗旨，特此布告周知。

总指挥　杨靖宇
副指挥　赵明思

杨靖宇在南满率先垂范，执行了党的抗日民族统一战线政策，南满抗日的局面由自发的零散武装抗日斗争，化零为整，走向了有组织、有规模的武装抗日斗争。南满抗日战场面貌焕然一新的同时，也招来了敌人更密集的火力关注。

中共满洲省委在给南满党组织、人民革命军和杨靖宇的信中，对城墙砬子会议给予了充分肯定。信中还提出了要在一定条件下进行改编抗日军的意见，认为只有在具备这样一些条件的情况下，才能考虑进行改编：一、这个部队能执行反日的基本纲领，我们在这个部队中有巩固的下层基础，这个部队的上层和下层有改编的要求；二、我们在这个部队中有很好的政治影响，下层基础好，改编了也不至于破坏统一战线；三、这个部队的领导者对人民革命军有莫大的信仰，真诚地要求改编；四、某些新兴起来的工农群众自发组织的部队，在我们的政治影响下，确实要求改编；五、某些很少的散漫的部队，自己不能形成独立的系统和组织，主动要求改编；六、某些被发觉有企图叛变投降的部队；七、被胁迫出来并仍在反动领域的控制下，还没有形成独立系统的部队等。中共满洲省委在提出这些条件时，还明确提出"改编绝不是形式的改编，只是换袖标、改招牌，而是彻底的改编，就是把那些被改编的部队立刻地或逐渐地改编成整个组织系统，真正把领导权夺取和掌握在我们的手里"。

东北抗日联军所处的艰苦环境与恶劣条件，无论在中国革命进程中，还是在世界反法西斯斗争史上，都极为罕见。

抗联部队通常隐蔽在大山密林深处，物资供应匮乏，缺吃少穿是常态。南满地区的夏季短促，降雨量大；冬季漫长而多雪，最低气温能低至零下四十摄氏度，滴水成冰不说，积雪厚度深至一米以上。夏季蚊虫蛇蚁侵袭，小雨淅沥、大雨如瀑，好处是吃食多一些。冬天的生活则更艰苦，尤其是树叶凋零之后，没有茂密丛林的遮蔽，不敢烤火取暖，甚至不敢生火烧水做饭，唯恐冉冉升起的烟气，暴露抗联战士的踪迹，引来敌人的追击。没有热水，渴了就抓一把雪；没有粮食，就以蘑菇、木耳、松子、榛子为主食，这些没得吃了，就扒树皮、挖草根果腹。常年吃不到食盐而导致的浮肿与无力，在很大程度上削弱了部队的战斗力。抗联不但缺吃，而且少穿，尤其是最易耗的鞋子。战士们没有鞋穿就用麻袋片和旧衣服把脚包起来行军打仗，天热了则光着脚板，在荆棘丛生的林间小路行军，踩得久了脚板上便生了一层厚厚的老茧。冬天雪地行军，被冻掉手指、脚趾成了家常便饭。同时，抗联部队缺医少药。有时候缴获了日本人的铁皮罐头，待罐头吃完后，锋利的铁皮就被战士们分割成条状，成为手术刀，剜割伤口处的腐肉。缺衣少穿、缺吃少食、缺医少药……杨靖宇与他的部队克服着常人难以想象的困难，与敌人顽强地斗争着。

在指挥战斗中，杨靖宇不断总结、丰富并实践着红军游击战的经验。他是东北运用抗日游击战术的第一人。杨靖宇治下的部队具备集结快、出击快、分散快、转移快的军事素养。他还创造了半路伏击、远途奔袭、化装袭击的三大游击战术；在对敌作战时，严格遵循不能予敌痛击的仗不打、于群众利益有危害的仗不打、不占据有利地势的仗不打、无战利品可缴的仗不打的作战方针。尤其是"于群众利益有危害的仗不打"这一条，把战斗需要和维护群众利益统一起来，深得人心。每次战斗缴获的战利品，除必要的部队补给之外，全部分发给当地群众。一支纪律严明、心系群众的中国共产党领导的部队赢得了民心，而民心正是革命成功的关键。

"没有根据地人民的支持，部队就像没有油的灯芯。我们决不能做没有油的灯芯，什么时候也不能脱离群众。"对

★ 抗联密营。

日伪军的作战实践让杨靖宇深深地意识到，无论是建设抗日游击根据地，还是在密林深处筑造迷宫一样的秘密堡垒——密营，都离不开人民群众的支持。这是杨靖宇坚持的群众路线与群众观点。密营在东北俗称地呛子，也叫地窨子，它一半在地上，一半在地下，既有保暖性又具隐蔽性。杨靖宇创设的密营包括营地、粮仓、修械所、被服厂、印刷厂、联络站与伤兵疗养所七大类。分散在密林深处的密营星罗棋布、纵横交错，是抗联战士战时可以依托、退时能够休养生息的强大工事。从1933年到1940年，在这长达七年的烽火岁月里，杨靖宇建立和开辟了磐石县红石砬子、玻璃河套、濛江县那尔轰、金川、河里抗日根据地以及辉南、柳河、濛江、光、抚松、长白、临江抗日游击区。他带领英勇的抗联战士驰骋纵横于南满大地，指挥了智取邵本良、奇袭老岭隧道、长岗大捷、岔沟突围、攻克大蒲柴河、干饭盆脱险等经典战斗，每一次都稳、准、狠地给予日本侵略者以重创。

日本人很愤怒，把杨靖宇以及他的部队称为"满洲国治安之癌"，对杨靖宇恨之入骨，下发命令："对于捕杀匪首杨靖宇等须全力以赴。若是同时遇到抗联和抗日山林队，专打抗联；若是同时遇到杨靖宇和其他抗联部队，专打杨靖宇。"1936年初，日本关东军制定并实施《满洲国三年治安肃正计划》，矛头对准的就是杨靖宇。

敌人双管齐下，一边加大围剿讨伐力度，一边隔断人民群众和抗日武装的鱼水联系，断绝东北抗日联军的后勤补给，破坏抗日武装赖以生存的社会基础。日军实施屯并户，建设"集团部落"，强制将老百姓迁移其中，烧毁原

★ 日本人设置的集团部落照片。

先的村庄、房屋，制造"无人区"，目的只有一个，就是将抗日根据地与村民彻底隔绝开来。敌人在"集团部落"里设置了严密的封锁线，围墙高一丈三尺左右，宽四尺左右。围墙里侧有七八尺高马道，四角建有炮楼。每个部落建有三个大门。早晨太阳出来开大门，晚上太阳落山关上大门。夜间不准人员出入。大门口、炮楼上均有日本兵把守、巡逻。"部落"由日本人指派一名部落长，看守部落里的百姓，防止其与外面的抗日联军串通。老百姓像牲口一样被圈在里面，毫无自由可言。部落居民中十六到六十岁的男子皆取指模，进行登记。部落内无论男女，凡十二岁以上者，都配发居住证、通行许可证、携带物品许可证、购物证等，随时面临车警、宪兵、特务的检查，无证件者则以通"匪"罪惩处。"集团部落"里不许结群行走和谈话，夜间不准插门、点灯、说话，警察、特务昼夜逐家清查，外出或来客必须到警察署报告，经批准后才能外出或留宿客人。日本人经常打骂、屠杀百姓，他们不准老百姓到围墙外种地，没粮吃，百姓只能靠挖野菜、扒树皮充饥。"集团部落"里卫生环境恶劣，人与猪、狗、鸡等牲畜同住，臭气熏天。流行瘟疫发生时，部落里的百姓就会大面积感染，无人救治，直至死亡。日本人的如意算盘是将抗日武装陷于孤立无助的境地，以军事围困和经济封锁的手段使抗日武装自行灭绝。

在日本人一系列惨无人道、令人发指的统治下，东北抗日联军的确陷入了革命的至暗时刻。

越是艰难困苦的环境，越是激发出了东北抗日联军顽强战斗的意志。1934年,东北人民革命军第一军成立。1935年,以东北人民革命军第一军为主体,联合其他武装,正式改编为东北抗日联军第一军。1936年,南满的抗联第一军与东满的抗联第二军合编为东北抗联第一路军。部队虽然历经整编,但初心从未改变。

一首壮怀激烈的《东北抗日联军第一路军军歌》在长白山唱响:

> 我们是东北抗日联合军,
> 创造出联合军的第一路军。
> 乒乓的冲锋杀敌缴械声,
> 那就是革命胜利的铁证。

这首军歌是杨靖宇在抗联时期创作的众多革命歌曲中流传最广、影响最深的战斗歌曲之一。不仅汉族同志唱,还被朝鲜同志译成朝鲜语传唱。

> 英勇的同志们前进吧,
> 打出去日本强盗推翻"满洲国"。
> 进行民族革命正义的战争。
> 完成弱小民族解放运动。
> 高悬在我们的天空中,
> 普照着胜利军旗的红光。
> 冲锋呀!我们的第一路军!
> 冲锋呀!我们的第一路军!

这首歌的创作时间与《东北抗日联军第一路军军歌》相距不远。抗联第一路军成立后，为打通与关内红军和党中央的联系，杨靖宇部署部队从河里出发，先向南再向西，在凤凰山外摩天岭，全歼日军金田大队。西征虽然没有达到出发前的目的，但也在过程中给予了阻击的敌人迎头痛击。第一次西征后，杨靖宇写下了这一首令人热血澎湃的《西征胜利歌》。

红旗招展，枪刀闪烁，我军向西征。
大军浩荡，人人英勇，日匪心胆惊。
纪律严明，到处宣传，群众俱欢迎。
创造新区，号召人民，为祖国战争。

"胜利"二字被杨靖宇写进了歌名当中，是歌名，是期盼，更是杨靖宇彼时的心境写照吧。

同志快来高高举起胜利的红旗。
拼着热血势必打倒日本帝国主义。
铁骑纵横满洲境内已有十万大军。
万众蜂起，勇敢杀敌，祖国收复矣！

第一次西征的时候，杨靖宇的部队已经与党中央失去联系有些时日了。这次西征从1936年4月份就开始酝酿，是杨靖宇分析了当时的形势和敌我力量对比之后作出的决定。西征筹备了整整两个月，部队才开拔。第一次西征由时任东北抗日联军第一军政治部主任宋铁岩和一师师长程斌、参谋长李敏焕率领，指挥一师师部、保卫连、少年营和第三团共计三百余人，携带机枪、平射炮、掷弹筒、子弹若干，向西挺进。客观地说，第一次西征部队人员精干、武器装备齐全。部队从本溪县蒲石河出发，过套峪，在穿过安奉铁路时与敌人短暂交火，为了战略，不敢恋战，唯恐被敌人识破行军目的，于是迅速撤出。西征的路危机四伏，日军的军事力量强大，部队在山岭中迂回前进，昼伏夜出。即便如此也在途中遭遇了多股敌人，而且在一场战斗中，宋铁岩不幸牺牲，西征部队士气低落。路越来越难行，冲突与交火越来越频繁，程斌与李敏焕一番商议之后决定中止西征计划。他们将部队分为三路，缩小目标分头行动，回撤途中与前来堵截的日军驻本溪县连山关守备二中队发生激战，取得"摩天岭大捷"，但也付出了沉重的代价，西征部队三百多人只有八十余人返回了根据地。杨靖宇就是在这样的情形下写下了《西征胜利歌》。也许在杨靖宇的心中，要革命，就得有流血有牺牲；革命岂会一帆风顺？眼下的黑暗，也许就是胜利的前夜！

五个月之后，1936年11月，杨靖宇再次部署西征，这一次西征的重担交给了第三师。第三师用半个月的时间挑选出了一支四百余人的精干骑兵，在师长王仁斋、政委周建华、参谋长杨俊恒、政治部主任柳万熙的率领下开始了第二次西征。第二次西征开始不久就被敌人洞悉了意图，加之，敌人把"杨俊恒"误认为是"杨靖宇"，以为是杨靖宇亲自挂帅出征，于是调集了大批的日伪军围追堵截，妄图将这支队伍全部歼灭。按照杨靖宇的军事部署，以快速移动的骑兵部队突破了敌人的防线，过辽河，进热河，与关内的红军部队取得联系，实现西征意图。

然而，往年会在冬月封冻的辽河，却在那年没有如期上冻，河水湍急，滚滚向前。前有堵截，后有追兵，第三师腹背受敌，眼睁睁地被敌人包了饺子。最终，四百余人的队伍只有百余人突出重围，等回撤到根据地时，只剩下七十几人。第二次西征惨淡落幕，再次以失败而告终。《西征胜利歌》被西征的将士们反复吟唱着，期盼着胜利的曙光早日照耀到南满大地上！

虽然他们早已与党中央组织失联多时，东北大地上的抗日勇士仍然在冰天雪地中顽强地斗争着。杨靖宇的第一路军两次西征屡屡受挫，第二路军、第三路军西征的步伐也没有停歇，但同样伤亡惨重，第二路军第四军全军覆没，1200名将士全部倒在了西征的路上，可谓抗联西征史最惨烈的一页。

阅读东北抗联史，才知在白山黑水间东北抗日的壮烈与悲戚。

中共中央并未遗忘他们。1937年12月9日至14日，中共中央政治局会议在延安举行，筹备党的"七大"是这次政治局会议的中心议题。会议通过了《中共中央政治局关于准备召集第七次全国代表大会的决议》，决定成立以毛泽东为主席，王明任书记，由25人组成的七大准备委员会。作为东北抗日联军最高领导人，杨靖宇被中央政治局确定为七大准备委员会委员。然而，当1945年4月中国共产党第七次全国代表大会正式召开之时，杨靖宇已经长眠在白山黑水之间五年了。

站着死与跪着生

捣练子·殉国地

殉国地，护碑亭，将军忠烈不求生。白桦树枯枝叶败，松杉常绿月长明。

战神不死，他凝固成一块花岗岩，站在那里，目光如炬，似乎等着一个晚辈作家的造访。

清凉桥，通往天国，还是忠烈祠？台风"美莎克"把杨靖宇将军殉国地正门通向纪念馆的拱桥吹成了危桥，台风"海神"又补上深深的一刀，好在还有一条可供工作人员通行的小路。蹚着泥水，在雨中拜谒了杨靖宇将军纪念碑，献上一扎洁白的花束。青石碑面乌黑油亮，造型形似人民英雄纪念碑。护碑亭外，参天柏树井然有序。其实，杨靖宇将军牺牲时背倚着的那棵扭筋子树早已枯死，部分木段已经被陈列在纪念馆中。后来，似乎为了让树陪伴已逝英雄，人们在

★ 杨靖宇将军殉国地正门（靖宇县）。

★ 杨靖宇将军殉国护碑亭。

相同的位置补植了一株四季常青的柏树，如今也长到了一个人可环抱的粗细。时间过得可真快！柏树无言，用年轮明证着岁月不老。

马铖明说，大学毕业参加吉林省选调生考试时，他一眼就看到了靖宇县。在那一刻，他坚定了自己的选择。也许选择从他第一次到太爷爷杨靖宇殉国地拜谒时，就已经埋下了伏笔。

早已过了与马铖明约好的时间，又耐着性子等了十五分钟，我才给他打电话。电话那头的声音一股子刚睡醒的"被窝"味，我心中腾地泛起几分不悦。马铖明忙不迭地道着歉，说："不好意思，我马上到！都是台风闹的，昨天晚上防了一夜的汛，我本来在办公室等您来着，寻思着回宿舍换件正式一点的衣服，不知怎么就坐在沙发上睡着了！十分钟我就能到，太不好意思了！"

一个比自己的孩子大不了几岁的年轻人，一个放弃大城市自愿到农村当村官的年轻人，一个为了抗洪防汛不眠不休的年轻人，怎好苛责他呢！

马铖明是马继民的侄儿，杨靖宇将军的曾孙。2019年，马铖明在天津大学计算机系毕业后，参加了吉林省选调生选拔，成为靖宇县靖宇镇保安村的村书记助理。在这之前，马铖明曾经来过一次靖宇县。那年他刚上初中，寒假的时候，父母带他北上拜祭曾祖父。在白雪皑皑的殉国地，曾祖父牺牲的位置，一棵柏树傲然屹立着，小小少年哭得泣不成声，鼻涕、眼泪一塌糊涂。来靖宇县工作后，一切安顿停当，马铖明再次去了殉国地。风萧萧，雨茫茫，这一次他没有流泪。多年之后，少年终于明白，成熟的情感其实不需要眼泪来佐证与调味。

基于太爷爷的原因，马铖明从小就喜欢历史，甚至到偏科的程度，尤其是抗日战争史部分，几乎是熟记于心。在一遍遍研读那段历史的过程中，马铖明穿越时空，走近了太爷爷杨靖宇。

卢沟桥事变之后，日本侵略者曾妄言"三个月消灭中国"。日本侵略者之所以会有如此虚妄的底气，与东北沦陷的速度不无关系。日本甲级战犯、"九一八"事变的发动者板垣征四郎，在他的传书中说："中国的民众根本参与不了政治和军事，他们只想安定过日子，他们的统治者只想收他们的税，征他们的兵，民众基本上没有国家意识。所以说，无论中国是谁在掌握政权和军权，这对他们的大局都没什么影响，中国官府对民众苛刻，一旦有事，民众不会站到官府一边共同担当。他们就像一盘散沙一样，基本上没有凝聚力。"

1938年，日军短期内灭亡中国的图谋未果，于是加紧了侵华的步伐。东北，成为日军全面侵略中国的后方基地，他们对东北资源的掠夺速度急剧加速，他们疯狂开采铁矿、煤矿，砍伐木材，勘探石油，然而东北抗日联军的存在，始终是卡在敌人咽喉处的一根刺。抗联的武装斗争虽然没有从根本上削弱日本侵略者的军事力量，但层出叠见的小型游击战，却令其无法放开手脚，无法无所顾忌地为所欲为。1938年3月13日晚，杨靖宇率警卫旅一团、三团约500余人，采取内应外合的办法袭击敌人，以迅雷不及掩耳之势歼

★ 马铖明在杨靖宇将军纪念馆内留影。

灭日伪军，捣毁施工现场，致使日伪当局损失20余万日元。此战被日伪当局称之为"东边道肃正史上最巨大的一章"。1939年，东北日伪当局实施了比以往严苛百倍的"治安肃正"，开出高额悬赏：东北抗日联军的"南杨北赵"头颅同为一万元，并列榜首。"南杨"即南满大地上的杨靖宇，"北赵"指的则是北满地区的赵尚志。

随着"治安肃正"计划的实施，1939年，东北抗日联军的斗争进入了最艰难的阶段；1940年进入最低潮，其标志事件就是杨靖宇的牺牲。

其实，原本杨靖宇是有活下去的机会的。1939年开始，东北抗日联军的抗战行动处处受阻，每每展开小型游击战都会付出巨大的伤亡代价；加之，生存环境险恶，后勤补给几乎为零。部队从刚成立时的三万大军锐减到千余人。在这样的情况下，东北抗联的主力部队被迫转入苏联境内整训，改名为东北抗联教导旅。在明确领导权仍然属于中国共产党的前提下，他们被编入苏联红军的序列，使用苏联武器、装备和补给，使用苏军番号——苏联远东红军独立第八十八步兵旅，外界代号8461部队。

彼时，东北大地上唯一一支没有撤入苏联的部队，就是杨靖宇领导的东北抗日联军第一路军。为何选择坚守，而非撤离，杨靖宇这样说："我们在这里坚持下去就能牵制敌人的一部分力量，对关内抗日战争有利；如果我们转移走了，这里的抗联没有了，敌人就会乘机宣传抗联被消灭了。这样对群众影响肯定不好，特别是敌人会更加集中兵力到关里去，给党中央增加压力。我们力量虽然不大，但是在这里打下去，起码能拖住敌人一部分力量，支援全国抗日战争。"

得知程斌叛变的消息之后，杨靖宇也曾潸然泪下。这是五味杂陈的泪水，既有痛心，更有担忧，担心程斌叛变之后出卖抗日联军。随后，杨靖宇做了一系列的部署与调整，力争将损失降到最低。不久，第一路军截获了日军空投的劝降小报，其中就有程斌指名道姓写给杨靖宇的劝降信。杨靖宇强压怒火，给程斌也回了一封劝降信，希望他迷途知返，回头是岸。至此，曾经的同志在家国大义面前，彻底分道扬镳，一个选择了跪着生，一个选择了站着死。

深谙杨靖宇兵法战术的程斌掐准了东北抗日联军第一路军的命门，他把反动队伍分成两部分，一伙白天行动，另一伙专门在夜间行动，一天二十四小时不给抗日联军喘息的机会，像附骨之疽一般跟在杨靖宇的身后穷追猛打。这样被追着跑、赶着打的局面持续了半年之久，即便如此，也丝毫没有动摇杨靖宇驻守南满大地的初心。在警卫员劝杨靖宇离开队伍暂时隐蔽时，他说了这样一番话："我不能离开队伍，道理很简单，因为我如果离开了队伍，这个队伍就会慢慢解散，我在这个队伍，这个队伍就不会散，就能同日本侵略者坚持打下去。"

1939年11月，杨靖宇起草了《为世界大乱群起救国告东北同胞书》，号召东北全体同胞乘世界战乱群起联合暴动起来，响应全国抗日大军总攻击的壮举，切断日贼的后路，驱逐日贼滚出中国去，推翻傀儡政府满洲国，为收复东北失地而战，为解放奴隶痛苦而战，为独立、自由、幸福的中国而战，为伟大中华民族永远的解放而战！

在且战且退、且退且战中，时间来到了1940年。第一路军在跟敌人不断地交火中损失惨重，却又得不到及时的必要补给。2月初，部队只剩下了15人。被杨靖宇一手抚养长大成人的警卫排排长张秀峰，就在这个时候，携带机密文件、若干枪支弹药以及近万元的抗联经费叛变投敌。从精神到现实都给了杨靖宇一记重创。

到了2月中旬，包括杨靖宇在内，只剩下了7人。此时的杨靖宇仿佛已经隐隐约约有了预感，他将七个人分为两组，让其中的四人择机突围。临行前，他嘱咐道："能活一个算一个，多活下来一个，就给革命多留一分力量！"这四人有如神助般，从敌人包围圈的缝隙中成功脱险。

2020年是杨靖宇将军壮烈殉国八十周年。已经在靖宇县工作一年多的马铖明，接受了白山市东北抗联研究会与白山市广播电视台的邀约，拍摄了《寻迹：我太爷爷杨靖宇将军的故事》。该片追寻着杨靖宇的战斗足迹，探踪他牺牲前五天五夜里发生的故事，第一集就是从杨靖宇的警卫员牺牲讲起。一位抗联后代向马铖明复述、还原了当时的情景：

1940年2月18日，那天的战斗非常激烈，前有堵截后有追兵。此时杨靖宇身边只剩下两位贴身保护他的警卫员聂东华与朱文范。连日来的奔波与战斗，再加上饥饿，三个人体能消耗很大。两名警卫员在外出找粮的途中被敌人发现，寡不敌众，壮烈牺牲。警卫员迟迟不归，杨靖宇分析他们已经惨遭毒手，而且敌人很快就会沿着这条线索展开大搜捕。果然，敌人在警卫员身上搜出来杨靖宇的印章，当即断定杨靖宇就在附近。日伪军哪里能错失这样的机会，迅速组织了大股兵力合围成一个密匝匝的包围圈，开始地毯式搜寻、抓捕杨靖宇。

警卫员牺牲之后，杨靖宇的处境雪上加霜。他只能独自一人面对敌人的清缴和凛冽寒冬的双重考验。敌人的包围圈越来越小，猎狗程斌一路追踪杨靖宇气味，疯狂至极。在与敌人周旋了几天之后，1940年2月22日，杨靖宇沿着一道山梁，艰难行进到三道崴子，在那里意外发现了一个废弃的地窨子。虽然透风跑气，总好过在冰天雪地里挨冷受冻。然而，只隐蔽也不是办法，要想活下去就要有饭吃、有水喝。

那天恰逢农历正月十五，山里的夜是静寂的。偶尔会有一两声"噼里啪啦"的爆裂声，那是树皮被冻裂时发出的声响。月亮从东方慢慢攀升到中天。"小时不识月，呼作白玉盘。又疑瑶台镜，飞在青云端。"银白的月光辉映着洁白的积雪，手心的老茧与手背上的青筋在月光与雪光的双重照耀下，分毫毕现。这双手在门前种下一株五月飘香的槐树，这双手为父亲捏过酸痛的双肩，这双手被母亲牵着送进学堂，这双手写下过动人的诗篇，这双手拥过自己的新娘，这双手抱过自己的一双儿女，这双手攥紧拳头、高高举起、说出庄严的誓言，这双手扣动扳机让敌人胆战心寒……在这里，杨靖宇度过了人生的最后一个夜晚。

第二天，2月23日上午，杨靖宇决定离开藏身之所去找点吃的。走了没多久，他来到了濛江县城西南、距离保安村三四里地的地方，迎面遇上了四个上山砍柴的农民，其中一个是保安村牌长赵廷喜。杨靖宇观察了许久，选择现身，拜托他们帮自己购买粮食与衣物。赵廷喜一看便知杨靖宇是抗联战士，这个早已被日本人吓破了胆的家伙恬不知耻地出言相劝："我这是为你好！快投降去吧，投降后，满洲国不杀头，还能吃香的喝辣的！我这可是为你好啊！"杨靖宇不为所动，仍旧只是拜托他们帮自己购买物资，并言明是高价购买。四个人见钱眼开，一口允诺，约好了交货的时间和地点。

在返回保安村的路上，赵廷喜越想越觉得蹊跷，这个人不是普通的抗联战士，有可能是杨靖宇。虽然没见过杨靖宇，但风传杨司令人高马大，是个高个壮汉子。他做梦都想发财，为那个壮汉高价买粮能挣几个钱，如果他是杨靖宇，这个消息可就值钱了！做着发财梦的赵廷喜迎面撞上了特务李正新，二人一拍即合，立即去警署告密。消息很快传到了驻守濛江县伪通化省警察本部长、警务厅厅长岸谷隆一郎那里。综合多方信息，岸谷隆一郎断定那个高价买粮的壮汉就是杨靖宇。敌人包围圈进一步缩小了！一个以抓捕杨靖宇为目标的讨伐队从四面八方集结，第一批、第二批、第三批……敌人一共出动了五批人马，将近两百人，向杨靖宇出现的地方猛扑过去。

在敌人到来之前，杨靖宇已经开始转移，因为他从刚才一个农民闪烁的眼神中隐隐看到了欲望与贪婪。目送四个农民离开，杨靖宇旋即离开了。终因身体虚弱，还没有找好安全的藏身之地，风声已经把敌人的喊叫声送到了他耳边。

日本人最初的意图是劝降，他们以为在这样明显的局势下，依照他们的认知逻辑，劝降一个人并非难事。然而，任凭敌人如何费尽口舌，隐蔽在树丛与积雪之中的杨靖宇始终不为所动，不仅不为所动，还利用自己的地形之利，背水而战。二十分钟之后，死在杨靖宇枪口之下的日伪军已有二十人之多。敌人失去了耐心，伪通化省警务厅警尉益子理雄挥手下了命令："干掉他！"

密集的火力织成了一张网，将杨靖宇死死困住。100米、50米、20米……

杨靖宇中弹了。后来经确认，那颗打中杨靖宇的子弹，来自他昔日的战友，叛徒张奚若。一个高大的身影倚着粗壮的扭筋子树，慢慢倒了下去。时间仿佛在那一刻停止了，敌人停止了射击。万籁俱寂，山谷里出现了前所未有的静谧。不知道过了多久，敌人才壮着胆子上前查看，被击毙的人到底是不是杨靖宇。叛徒程斌一锤定音："他就是杨靖宇！"在场的人集体陷入了沉默。

杨靖宇的生命终止在1940年2月23日16时30分。

忽然，一个日本人"呜呜"地哭了起来，让现场的叛徒面面相觑，百思不得其解。日伪军将杨靖宇的遗体放在一辆板车上，随行的伪《协和》杂志记者拍了一张照片，将杀害杨靖宇的凶手永远定格。

日军将杨靖宇运回濛江县城后，残忍地将其头颅用铡刀铡下，在通化示众三天，以达到恐吓民众的目的。之后将头颅送往伪满洲国的新京——长春邀功请赏。

岸谷隆一郎一直心存疑惑，杨靖宇到底是个什么样的人，怎么会具有超过常人百倍的耐力与能量，独自坚守五天五夜，不吃不喝、不眠不休，还能保持着以一敌百的战斗力？他们解剖了杨靖宇的遗体。除了身材比一般人高大健壮

★ 日伪军与杨靖宇遗体合影。

之外，是与常人并无二致的血肉之躯，腹腔里有一颗萎缩得比正常人小得多的胃囊，切开之后发现里面是还没有完全消化的棉花与草根。此后，岸谷隆一郎再也没有安睡过一夜。他找来濛江县城手艺最好的木匠为杨靖宇雕刻了一个假头，寻得被抛在保安村乱葬岗的杨靖宇遗体，合二为一收殓入棺。1940年3月5日，日本人在保安村北面的山岗上搭起祭祀灵棚，为杨靖宇主祭安葬。安葬仪式依照日本习俗，在木碑前横拉了两头细中间粗的草绳，上面挂着白色的纸条，焚香供酒，并请来和尚为杨靖宇念经超度。日本人的如意算盘是用"慰灵祭"来收买人心，而濛江百姓却是真心祭奠杨靖宇，为他痛哭流泪，为他执幡送行。

十天之后，1940年3月15日，接替杨靖宇，领导第一路军的魏拯民主持召开了东北抗日联军第一路军干部战士追悼杨靖宇大会。"杨总司令的牺牲是我们长白山区根据地人民和第一路军的无可补偿的损失。他为革命事业艰苦卓绝地奋斗了一生。他的全部生活是党的生活，他没有个人生活。我们一路军的全体干部战士不要忘记杨总司令是被日本帝国主义强盗杀害的，这一笔血海深仇，我们一定要让敌人用血来还！同志们，革命的战士们！抬起头，挺起胸，握紧枪，为东北和全国人民报仇，为杨总司令报仇！靖宇同志生前没有完成的事业要由我们来完成。到革命胜利的那一天，我们每一个人都要无愧于心地在靖宇同志墓前说：靖宇同志，我们在你之后，做了我们应该做的事！我们庄严宣誓：为了祖国人民，为了杨总司令，我们第一路军全体战士，紧密团结，坚决继承杨靖宇的事业，踏着烈士的鲜血，继续奋战，

★ 日本人为杨靖宇举行的慰灵祭。

克服一切困难，一定把鬼子赶出去！"

不幸的是，一年之后，魏拯民同样因为叛徒出卖而被杀害。在东北的抗战中，许多叱咤风云的抗日将领，很多没有战死沙场，而是被那些汉奸、叛徒所出卖，惨遭日寇杀害。这些民族败类丧尽天良，助纣为虐，出卖自己的国家和同胞，成为中国历史上的千古罪人，遗臭万年。

日伪当局把杨靖宇的死讯做了铺天盖地的宣传，目的只有一个：打击东北抗日联军，使之军心涣散，乃至动摇，以期达到彻底丧失战斗力的目的。然而，事与愿违，虽然杨靖宇牺牲后，东北抗日联军的武装斗争一度陷入低潮，但是他们与日本侵略者决战到底、恢复东北锦绣河山、解放东北的决心与斗志从未改变。

天网恢恢，疏而不漏。正义的审判有可能迟到一时，但绝不会永远缺席。1945年抗日战争胜利前夕，岸谷隆一郎在毒死了自己的妻子和儿女之后，剖腹自杀。他留下一纸遗言："天皇陛下发动这次侵华战争，或许是不合适的。中国拥有像杨靖宇这样的铁血军人，一定不会亡国。"

小记：白山忠魂，虽死犹生

蝶恋花·一缕忠魂

一缕忠魂凌雪笑。冷雨凄风，哭将军终老。深夜凝神求静好。饮罢清酒乡愁扰。　　灿烂夏花秋叶槁。几度青春，恣意枝头闹。虽死犹生英烈傲。浩然正气东方晓。

沿着侧门，跨过一座拱桥，踩着积水来到了杨靖宇将军纪念馆门前，见到了早已等候在此的讲解员薛萌，一个"90后"小姑娘，人如其名，美丽、可爱。小薛2014年大学毕业之后在外地工作了几年，2020年刚回到靖宇县，成了杨靖宇将军纪念馆的讲解员。

杨靖宇纪念馆的二楼，有一个长条桌，是杨靖宇将军当年在那尔轰会师军民联欢大会上使用过的。薛萌说那是他们馆藏的一级文物，非常珍贵。

★ 国家一级文物，那尔轰会师时所使用的长条桌。

杨靖宇将军牺牲时倚过的扭筋子树的一段枝干静默在纪念馆的一角，千疮百孔，深深的弹孔被一一标注出来。那些要么嵌入枝干，要么穿枝干而过的子弹改变了它的内在机理，带走了它的勃勃生机。难怪它会在穿过枪林弹雨的幽暗岁月之后枝枯叶落，徒余槁木形骸。曾经背倚过它的将军早已魂归天国，而它也不再鲜活，年轮亦不再增加。也许，在杨靖宇倒地的那一刻，这棵树的木心也已经随着他去了吧！

站在一群刽子手与杨靖宇将军遗体的照片之前，积聚在内心的悲伤与愤懑瞬间化为两行清泪流下。薛萌也是几度哽咽，她略带抱歉地说自己还不能很好地控制情绪。过了一会儿，薛萌又补充道："其实馆里面资历颇深的几个讲解员每次讲解到这个章节时，也都难以抑制自己的情感。她们不是演戏，更不是作秀，她们的眼泪是纯粹的，情感是真挚的。杨靖宇将军是靖宇县每一个人都发自肺腑爱戴的人。"

去吉林靖宇县采访之前，我在网上买了所有能买到的关于杨靖宇的出版物，不同年代、各种版本都有，甚至还有连环画。透过一篇篇如鸦之字的描摹，我知晓了杨靖宇将军的一生。

采访结束，消化完素材开始写作，却迟迟找不到感觉。我太想写好，太想完成一部不同以往的书写杨靖宇将军的作品。我不想嚼别人嚼过的馍，不想拾人牙慧，不想人云亦云，我要写出属于我的"白山忠魂"杨靖宇。

一日，向一个喜欢阅读名人传记的朋友倾诉我的焦虑与困惑。朋友反问我："你知道我为什么喜欢阅读人物传记吗？你以为我感兴趣的是名人轶事吗？我一丝一毫的猎奇

★ 杨靖宇将军纪念馆陈列的扭筋子树枝干标本。

心也没有。一部经典的传记同时也是一部伟大的时代传奇。没有一个人能脱离时代独立存在，我真正要看的是时代变迁，是人类命运的逻辑，是与主人公同时代共同依存的人物群像。"

朋友的话让我若有所思，然而，我并没有按照朋友希冀的那样去书写。我在这本书里设置了一盏追光灯，紧紧跟随着杨靖宇，他是本书当仁不让的主角，一号人物。当然，我没有遗漏掉他生活的时代与背景，没有这个背景墙，主角便无法登场亮相。书里有命运，那是杨靖宇生如夏花之绚烂、死如秋叶之静美的一生。我省略的是杨靖宇生活中依次上场又依次下场的某某与某某某，除非有特别的需要，我都不会过多地涉及他们，杨靖宇是此书毫无争议的第一主角，我不想有太多的人来分走他的份量。35岁的一生，短暂而光辉的一生！太短了！生命在最最风华正茂的节点上戛然而止，令人扼腕叹息。

"雪"山处处埋忠骨，何须马革裹尸还。杨靖宇牺牲后，先后被安葬过三次。第一次由岸谷隆一郎主持，安葬在濛江县。五年后，1945年8月15日，日本帝国主义宣布无条件投降。当年的10月下旬，中国共产党领导的东北民主联军在濛江县建立了民主政府。新政府成立后，立即筹备为杨靖宇将军重新安葬。1946年2月14日发布了《为濛江县易名告各地同胞书》："我们为永远纪念杨司令，故将濛江县改为靖宇县，以作长久纪念。请大家不要再叫濛江县而称靖宇县，以此来追念抗日救国的先烈杨靖宇司令吧！"靖宇县人民群众踊跃捐款为杨靖宇修墓。从那天起，濛江县改名靖宇县，杨靖宇牺牲地附近的濛江村改名为靖宇村，濛江镇改为靖宇镇。

杨靖宇将军牺牲后，日伪当局用车拉着他的头颅在通化街头以及杨靖宇战斗过的地区"示众"了三天，同时也将此拍照并冲洗大量照片，用飞机在抗联战士活动的地区广泛散播。随后，日军把杨靖宇的头颅送到伪满洲国的新京（长春），将头颅浸泡在装有福尔马林防腐药水的玻璃瓶里，藏匿在关东军司令部里。从那时起，夺回杨靖宇的遗首就成为东北抗日军民的一大心愿。日本投降后，关东军司令部医务科的物资器械被长春医学院接管。1948年长春解放前，长春医学院被国民党保安骑兵第二旅占据。辽沈战役爆发后，长春被人民解放军围困，成为孤城。中共东北局社会部联络处驻长春的地下工作小组组织专人寻找杨靖宇的遗首。几经周折，费尽心思，才把杨靖宇的遗首从敌人手中夺回，一并带回的还有抗联第一路军第三方面军指挥陈翰章的遗首。1952年，中国人民志愿军归国代表团在哈尔滨瞻仰东北烈士纪念馆之后，提出"于抗日联军主要活动地区修建杨靖宇将军墓"的建议。报经政府批准后，决定在通化市修建靖宇墓，地址选在浑江东岸的东山之巅，后更名为靖宇山。靖宇陵园修建工程于1954年7月启动，1957年秋竣工。1957年7月15日，朱德为靖宇陵园亲笔题词："人民英雄杨靖宇同志永垂不朽"。杨靖宇由此成为新中国成立以来唯一享有朱德题词"人民英雄"殊荣的高级将领。

1958年2月23日，中共中央为杨靖宇举行公祭安葬大会。这是第三次安葬，至此，杨靖宇终于不再身首异处。

中共中央代表在杨靖宇将军公祭安葬大会上所致悼词
（1958年2月23日）

今天，我们来为18年前为国牺牲的杨靖宇同志安葬，我们全党和全国人民对他表示深切的悼念。

中国民族解放和人民革命的胜利是中国人民长期奋斗的结果。一方面有外国帝国主义的侵略和压迫，一方面有勾结外国帝国主义的大地主、大资产阶级的反动统治，在强大的敌人面前，中国人民的解放事业是非常艰难的。东北抗日联军当时面对着中国民族最凶恶的敌人——日本侵略者，处境虽然十分困难，但是他们不屈不挠地斗争到底，充分地表现了中国人民和中国民族在任何敌人面前，在任何困难面前决不低头的伟大精神。在这场斗争中，许多共产党人和许多爱国志士流尽了他们的鲜血，付出了他们的生命。杨靖宇同志就是在斗争中英勇牺牲了的一个伟大的战士。我们今天来纪念杨靖宇同志，也就是纪念在东北抗日游击战争中光荣牺牲了的一切革命战士。

东北抗日联军的斗争是中国共产党领导下的中国人民解放事业中的一个部分。大家都记得，在1927年，国民党叛变了革命的时候，中国人民面前笼罩着一片黑暗。这时，只有中国共产党高举着革命的旗帜，向中国人民指出了前进的道路，率领中国人民坚持斗争。卖国的，反人民的国民党统治把中国的事情越搞越糟。1931

★ 1958年为杨靖宇将军举行公祭安葬大会现场图片。

年，日本帝国主义者对东北实行武装侵占。国民党政府采取了所谓不抵抗政策，听任日本侵略者占领整个东北，并且把它的侵略势力向华北和全国发展。这时，也只有中国共产党站到了抗日斗争的最前线。当时，中国共产党中央命令东北地区的党组织坚持抗日斗争，并且派遣了许多优秀的党员到东北地区来工作，杨靖宇同志是其中的一个。杨靖宇同志和在东北地区领导抗日游击战争的其他共产党人坚决执行党的方针，他们和东北各族人民紧紧地结合在一起，同甘苦，共患难，并且团结了一切爱国的力量，在党中央领导下组成了东北抗日联军，向日本帝国主义侵略者进行了长期的艰苦斗争，给了侵略者以有力的打击。

参加当时东北地区的抗日游击战争的还有许多朝鲜同志。在共同的斗争中，中国人民和朝鲜人民结成了深厚的友谊，这种友谊后来又在共同反对美帝国主义的侵略中得到了进一步的发展。这种在斗争中长期发展起来的友谊是最巩固的，最可宝贵的友谊。

杨靖宇同志的英勇奋斗的一生表现了一个共产党人的崇高品质。他对革命最坚决最勇敢，任何困难不能把他压倒。他对党是最忠实的，时时刻刻都尊重党的组织和党的纪律，他热爱人民，和人民真正打成一片。他善于团结群众，能够把各族人民为共同的事业而团结在一起。这些都是值得我们学习的。

杨靖宇同志牺牲以后的18年间，中国大地上发生了天翻地覆的变化。中国共产党领导了中国6亿人民，不但已经胜利地完成了民族民主革命，而且已经取得了社会主义革命的伟大胜利，正在进行着伟大的社会主义建设事业。无数的革命先烈在艰难的斗争中毫不踌躇地付出了他们的生命，这就是因为他们深信他们的牺牲能够为后人开辟出一条通向无限幸福的大道。现在我们来纪念他们，就应当用同样的革命毅力，用同样的刻苦奋斗的精神来把我国的建设事业迅速地向前推进，把我国建设成为一个具有现代工业、现代农业和现代科学文化的伟大的社会主义国家。

伟大的民族英雄、优秀的共产主义战士杨靖宇同志永垂不朽！

东北抗日联军的烈士们永垂不朽！

在阅读相关杨靖宇将军纪念书籍时，我发现相较于其他的东北抗日联军领袖的荣誉与评价，有相当一部分是杨靖宇独有的。

首先，在抗战期间，被党中央以红头文件的形式表彰的唯一一位东北抗联领导人就是杨靖宇将军。1938年11月5日，党中央六届六中全会向东北抗日联军发出了致敬电，开头便使用了"东北抗日联军杨司令靖宇"的称谓，高度评价了东北抗日联军："是在冰天雪地与敌周旋七年多的不怕困苦艰难奋斗之模范，我们不会忘记在最艰难困苦的条件下，同民族死敌作长期斗争的亲爱的同志们……"

其次，杨靖宇是唯一一名与毛泽东、朱德并列当选为东方各民族反法西斯大会名誉主席团委员的中国共产党员。

1941年10月26日至30日，东方各民族反法西斯大会在延安召开，与会的2000多名代表来自54个国家和地区。此次大会成立了东方各民族反法西斯大同盟，选举产生了名誉主席团成员33人，其中中国共产党代表仅有三人，分别是毛泽东、朱德和杨靖宇。其实那个时候杨靖宇将军已经牺牲了，只因消息隔绝，中共中央尚未知晓此事。

在靖宇县，将军虽死犹生，他成为一种在不同的历史时刻，鼓舞、激励着一代又一代人的精神。有人说，真正的死亡是世界上再没有一个人记得你。从这个意义上说，杨靖宇活在每一个爱戴他的人心中，从未离开。

《万有引力之虹》写道："大自然只有形态演变，不会彻底消亡。我学到的全部科学知识，包括不断学得的新知，都使我坚信：我们死后，灵魂继续存在。"关于这一点，我深以为然，深信不疑。我坚信灵魂有重量，就像我结束了在靖宇县的采访之后，背起曾经陪我走过千山万水的双肩背包时，感觉它明显比来时要重了许多。我知道原因，因为那里面多了一缕杨靖宇将军伟大而沉重的白山忠魂。

龙嘉机场的广播响起了甜美的播报，长春飞往郑州的深航ZH8306次航班就要登机了。

嗨，杨靖宇将军，准备好了吗？我们这就出发！我陪您回家。

背着英魂回河南老家！

下篇

出生地：无惧生死

门前有棵老槐树

长相思·门前有槐

朝三秋。暮三秋。槐棘千年未白头。山河故里愁。

思悠悠。念悠悠。纸落云烟尘世休。问君归去否?

  这里是河南省确山县李湾村,杨靖宇故居。少年杨靖宇种下的国槐饱经岁月侵蚀,已是半枯半荣。白建军说,别看这棵树看上去不旺相,每年都会准时开花。

  国槐犹香魂归来,只是我们错过了季节,不是在人间四月天,而是在秋季,仲秋圆月时。离我家不远的黄河入海口处,盐碱地上长出一片刺槐林,五月槐花香,它总是姗姗来迟,却总弥久不散。

  我闻到了李湾村杨靖宇故居前的槐香了。在夜色中,我抵达驻马店。这一天又是杨靖宇将军寻访之旅中身心俱疲的一天。在飞机、高铁、出租车之间来回切换,真希望自己拥

★ 河南省确山县李湾村杨靖宇故居门前的槐树。

有瞬间移动能力，如此便会免去了我的旅途劳顿之苦。人累极，胃口全无，只想沉沉睡去。睡到半夜，总觉鼻端有吃食的香气。就着夜灯，隐约可见两个餐盒。一个里面放有两个黄灿灿的油旋，原本应该外焦内酥的油旋已经被自己的热气洗了桑拿，软塌塌的，毫无仪态可言。另一个里面是已经冷透了的羊肉胡辣汤，一层油脂凝固在表层，像冬日的薄冰。睡在另一张床上的人打着轻微的鼾声，这个不读我一粒文字的人，陪我走过了一本又一本书的路程。一口油旋、一口胡辣汤，汤虽然凉了，胡椒还是辣的，刺激着味蕾，熨帖着胃。吃饱喝足，继续睡，不但要吃饱还要睡饱。困意再次袭来，虽睡眼蒙眬却清晰地记得明天的采访约在了下午。

今年51岁的白建军已经担任李湾村村主任三年之久了。我希望他能帮我在村里找几位老人，聊聊杨靖宇。白建军摆摆手拒绝了我："不是我不给您找，这里的人知道的还赶不上您知道的多呢！您要写杨靖宇肯定少不了搜集资料吧，再说您又刚去了东北，我敢打包票，我们这里没有人知道的比您多！"

趁着白建军去拿杨靖宇故居钥匙的空当，我去跟李湾村街头闲坐的老大娘搭讪闲聊了几句，果然印证了白建军的说辞，那位少壮离家的将军，在自己的村子里并没有留下太多的痕迹。这里的人们在谈论起杨靖宇时，眼眸里闪动的是陌生与疏离，而不是像在靖宇县那样，往往是我刚起了一个头，那里的人们已经欢快地接过话茬，自顾自地接续下去，且说得眉飞色舞。

虽然没能从村头老人们的口中获得新的信息，但有一条是被他们确认过的,那就是,杨靖宇,既然回到了河南老家,回到了出生地,那我们还是重新称呼您原来的名字马尚德吧!

马氏一家原籍在河南省泌阳县,是马尚德的曾祖父那一代逃荒来到确山县的,以烧窑为生。曾祖父育有四子,因为家境贫寒,长子、次子都没能娶妻生子,三子与四子运气好一些,得以成家。马尚德的祖父马绥武排行老四,是曾祖父最小的儿子。结婚成家的儿子须得分家单过。马绥武与三哥商议一番之后,决定一起搬到离窑厂最近的李湾村定居。祖父吃苦耐劳,祖母勤俭持家。除了烧窑,马绥武还租种了三十亩地,两口子勤勤恳恳过日子,又忙里又忙外。马绥武育有二子,长子马锡岭,次子马延岭。两代人齐心协力,土里刨食儿,从上无片瓦遮身、下无立锥之地的外来户,一点点积攒下了三十亩地,还盖起了十三间房。

长子马锡岭娶妻张君,夫妻和美。1905年2月13日,正值农历正月初十。农村一向有过完正月十五才算真正过完年的习俗,乙巳年的喜庆劲还荡漾在李湾村人的脸上。已经怀胎十月的张君就在这天夜里临盆了,生了一个男孩。马绥武笑逐颜开,喜上眉梢:"马家后继有人啦!我有孙子喽!"遂给孙儿取了乳名,叫顺青。

顺青出生后不久,父亲马锡岭、母亲张君便带着他自立门户分家单过,分到了三间堂屋、三间西屋和十七亩地。因为是长孙,小顺青被祖父母视若珍宝;彼时叔叔马延岭与婶婶还没有孩子,也将他视若珍宝;再加上爹娘的疼爱,儿时的小顺青可谓是一家人的心肝宝贝。小顺青一学会说话就知道喊人，嘴巴特别甜，哄得一家人开心不已。日子虽然不是大富不贵，却也是其乐融融。但是在暗黑的大时代之下，指尖一般大小的平民之福、平民之乐也注定会被盘剥掠夺。

小顺青出生的 1905 年，清廷宣布废除延续了 1300 年的科举制度，这是一件最为震动乃至影响深远的国事。美国普林斯顿大学社会学教授吉尔伯特·罗兹曼在其著作《中国的现代化》一书称："1905 年是新旧中国的分水岭。它标志着一个时代的结束和另一个时代的开始。1905 年是中国教育史上的重大转折点，废除科举制度，捣毁了封建官僚制度的基础。"

从 19 世纪末到 20 世纪初，中国是列强掠夺的主要对象之一。在此期间，俄罗斯帝国对中国的侵略发展到了一个新阶段。他们以武力无耻地攫取了中国东北，强行将其变为自己的势力范围。1904 年到 1905 年，在我国东北大地上爆发了日俄战争，中国领土、主权遭受践踏，东北大地生灵涂炭。日俄战争以俄罗斯的溃败而告终。随后，日俄背着中国签订了《朴次茅斯和约》。每每翻阅中国近代史，都会觉得此举是何等地荒谬绝伦。倘若国家孱弱，便是人为刀俎，我为鱼肉。

《朴次茅斯和约》将中东铁路长春至大连一段转让给日本，这就是日后俗称的"南满"。此后，中国东北部成了日本帝国主义的势力范围。

1905 年，郑州黄河大桥建成。翌年的 4 月，连接北平与汉口的平汉铁路全线通车。平汉铁路就从李湾村头经过，小顺青是听着火车机车的轰鸣声长大的。从今天的角度出发，用生逢其时来形容1905年出生在历史分水岭上的小顺青并不为过。就如同"蝴蝶效应"一般，如果丢失一个铁钉就会坏了一个蹄铁；坏了一个蹄铁可能会折了一匹战马；折了一匹战马可能会伤了一位骑士；伤了一位骑士可能就输了一场战争；如果这场战争非常关键，输了就可能亡了一个国家。一切皆因最初的那一颗铁钉而起。

当然，1905年2月13日"哇哇"啼哭出生在中原腹地的小婴孩，有谁会知道几十年之后，他的威名会响彻南满大地呢？他就像一根铁钉大刺刺地刺穿了日本侵略者亡我中国的白日梦。

顺青两岁的时候，马锡岭、张君夫妇又生了一个女儿。多一张嘴多一口饭，虽然家中有房屋、田产，但是一家人的日子每况愈下，尤其是在辛亥革命之后，军阀割据，穷兵黩武，连年混战导致民不聊生。确山县距离武汉两百多公里，天下有事，中原必争。兵燹加上洪涝、干旱与蝗灾，河南百姓的日子苦不堪言。

顺青六岁的时候，父亲马锡岭积劳成疾，一病不起，扔下妻子张君与两个年幼的孩子，撒手人寰。丈夫马锡岭去世之后，家中再无劳力，张君便带着一双儿女跟婆母、二弟马延岭一家人生活。张君虽不识字，却是个乐观豁达、识大体的女子，原本性情开朗、爱说爱笑，中年丧夫的打击让她内敛、沉静，尤其是孤儿寡母过着寄人篱下的日子之后，张君愈发小心谨慎，任劳任怨。她只有一个念头，教育好顺青和女儿，将他们抚养成人。丈夫马锡岭的遗愿是让孩子进学堂念书，虽然不能考秀才中举人光耀门楣，但是"万般皆下品，惟有读书高"的理念依然根深蒂固地影响着大多数人。

家贫出孝子，国乱显忠臣。父亲马锡岭去世之后，六岁的顺青一夜成人。幼小失祜，顺青的成长是被迫的，他不再是那个被父亲扛在肩上无忧无虑的孩子，他也不再是那个闯了祸可以躲在父亲身后的少年，他想快点长高，快点长大，长高了就能帮母亲担水、背柴，长大了就能成家立业、赡养母亲。家里的重活干不了，他就眼明手快地干点零碎的家务事，扫地、擦桌子、收拾碗筷，有好吃的不争不抢，留给母亲和妹妹。顺青的懂事让母亲张君看在眼里，疼在心上。母亲白天操劳，夜晚就着昏黄的豆灯纳鞋底，缝补衣衫。顺青哄妹妹睡着之后，再困也会守在母亲身边，陪母亲说话，娘俩絮絮低语拉家常。张君不识字，但是肚子里装满了自小听来的豫剧段子和传说故事，岳母刺字、岳飞精忠报国、花木兰替父从军、穆桂英大破天门阵、包拯怒铡陈世美……无数个夜晚，张君与顺青母俩，一个说一个听，一个劳作一个相守。最初的"仁、义、礼、智、信"正念教育，俨然已经被善良正直的母亲在孩子心田里种下了一粒饱满的种子，只待萌芽吐绿。

转眼两年过去了，顺青八岁了，到了识字启蒙的年龄。丈夫马锡岭的遗愿，要让孩子念书，张君一天也没有忘记，再苦再累，再穷再难，也要送他去读书。

正式入学前，张君托人淘换了一株槐树苗，作为帮手，指点着儿子顺青将槐树苗种在了屋前的空地上。《说文解字》云："槐，木也，从木，鬼声。"在古人看来，槐树不仅神奇异常，且有助于怀念故人，决断诉讼，是公卿的象征。周代朝廷种三槐九棘，槐即国槐树，棘为酸枣树。公卿大夫分坐其下，面对着三槐者便是太傅、太师、太保"三公"的座位。后世高门大户或者恪守耕读传家之人也都会在门前、院中栽植国槐树或酸枣树，有祈望子孙位列三公之意。母亲张君虽不识字，却算得上是一个有见识的女性。

母亲原打算帮顺青挖树坑，谁知儿子却坚决不让她动手。张君只得在一旁站着，看儿子累得满头大汗。顺青挖了一个比母亲想象中要更深更大的树坑，问他为什么，顺青仰着累得通红的小脸说，"树大根深，我要让这棵树长得又高又大又壮！"种完了树，连浇水顺青也不假他人之手。小小年纪提着大大的水桶，左摆右晃地给小树苗浇足、浇透了水。晚上睡觉的时候，张君无意间发现儿子稚嫩的小手磨出了水泡，心疼得直掉眼泪。

第二天一早，张君牵着儿子的小手，将他送到了村里的私塾。私塾里有两位先生，一位叫刘景臣，一位叫关易公。他们都是饱览儒经、天文、历数无所不通的全才。因为科举被废，上天无路便当了塾师，这是他们认为离长久以来修习儒家学说最近的道路。科举，让人又爱又恨，学而优则仕，有些寒门子弟可凭一己之力实现阶层跨越，但是仍有大多数人被拒之门外。连试不第的读书人的退路，首选是去当师爷，希冀遇上一个赏识自己的伯乐，正如三试不第的左宗棠就是因遇到了命中的贵人——湖南巡抚张亮基，后来成了治世之能臣。其次是效仿孔圣人，办学堂开门收徒，搏一个桃李满天下。再次就是悬壶济世，中医从另一个角度来讲就是中国哲学，读过书的人改行学医有着天然的文化优势。其中的成功典范当属李时珍，14岁中秀才，苦熬十年也没中举，只得弃文从医，最终写出皇皇大著《本草纲目》。

入学第一天，顺青就被刘景臣先生改了名。先生对张君说："孩子进了学堂，就要有学名，不能再称呼乳名了！"

母亲早有准备，从包袱里拿出事先准备好的谱书，递给先生，嘴里说着："烦请先生给顺青起个大名吧！"

从宋代开始，大兴修撰写家谱的风气，按照辈分取名的做法广为流行，进而形成家族范字。

刘先生翻看了一会儿谱书，将马家的五辈范字找了出来，依次为：绥、岭、德、云、继。当得知顺青的父亲范字为"岭"后，先生稍加思索，便有了主张："我给你取名尚德，表字骥生。马尚德，如何？"

张君忙不迭地道谢，连声说："好，听先生的！都听先生的！"

先生笑眯眯地看向顺青，顺青也睁着明亮的大眼睛看着先生，无须母亲提醒，他向先生躬身施礼："谢谢先生！"

有了新名字的顺青变得更加懂事明理，他择机向先生请教了"尚德"之意。先生告诉他，"尚德"意为崇尚道德，出自《论语·宪问》，"君子哉若人，尚德哉若人。"从知道自己名字那刻起，马尚德做人做事便有了尺度与标准。马尚德知道自己的家境，也深知母亲对自己的殷切期望，所以他比学堂里的任何人都勤奋刻苦，他把所有的精力都放在了读书、习字上，真正是手不释卷，废寝忘食。他先学《三字经》《百家姓》《千字文》，后读《论语》《大学》《中庸》

与《孟子》。学习之余，马尚德还会与先生探讨人间世相以及时下局势。先生虽然教习的是孔孟之道，但是对当下时局也有自己的认知与见解，非常乐意教学相长，何况马尚德是为数不多地喜欢跟先生对谈、探讨的学生。

在李湾村，被人津津乐道的马尚德读私塾时的故事有两则。一则是：有一天，私塾里的两位先生都外出了，临行前给学生们布置好作业，听着学生们异口同声地承诺会守好规矩才放心地离开。但是，当先生的身影消失在众人视野之后，一向被先生管教、约束的孩子们立刻炸了锅，学堂里瞬间变得人声鼎沸起来。他们知道先生一时半会儿回不来，索性放心玩闹起来，早把先生布置的作业丢到爪哇国去了。玩累了、闹够了，大家又换了一种玩法，效仿豫剧里的清官断案游戏。大家一一分好角色，照着戏文里的剧情演了起来。中国戏曲里保留着最朴素的中国伦理道德，在戏仿的过程中，马尚德以及他的同学们对正义、邪恶、清官有了基本的认知。正当大家玩得尽情尽兴之际，放心不下的先生提前赶了回来，看到眼前的一幕，气得七窍生烟。盛怒之下，每个人挨了手板不说，还被罚抄篇目、罚写大仿、罚背诗文。

还有一则流传至今的故事是，马尚德帮助同学交学费。学堂里有一个学生，名唤李士芳，跟马尚德是相交甚好的朋友。李士芳家境比马尚德家还要贫寒，马家虽然租着地主家的耕地，但毕竟自己家也有几亩薄田，李家却是连一亩地都没有。李士芳的父亲有病，小小年纪的李士芳经常请假回家帮工，天长日久难免落下功课，慢慢地就成了经常被先生训斥的那一个。

一天,李士芳没来上学。对此大家都习以为常了,马尚德也不以为意,以为他又是请假在家干活。然而,一连三天都没在学堂见到李士芳,马尚德觉得不对劲了。这天下了学之后,马尚德没有回家,而是直接去了李士芳家。原来李士芳因为交不起学费,已经打算不继续念书了。看着愁眉苦脸的李士芳,马尚德灵机一动,想到了办法。他对李士芳说:"你等我一下,我去去就回!"

马尚德一溜小跑回到家,跑得上气不接下气。他问张君:"娘,您年前给我的那一块钱压岁钱,怎么花我能自己说了算吗?"

张君看着满头大汗的儿子,一脸狐疑,追问道:"你想要干吗?你想要怎么花呢?"

马尚德眨巴着眼睛说:"我想给李士芳交学费,他家没钱了,交不上学费,他就上不成学了。"

张君略一沉吟,点头道:"好孩子,娘想的跟你一样。钱在这里,你拿去吧!"

1913年的一块钱有多值钱呢?以学者李开周的考证,1914年的上海,一块大洋可以买44斤大米。如果拿一块大洋下馆子,可以吃四五道菜的套餐,且全是牛扒、烧鸡、火腿等"硬菜"。到1917年时,北京大学新入职的青年教授,哪怕每顿都吃"两碟菜一碗汤"的精品餐,每月也花不到九块大洋。甚至北洋时期的北京,六个人去东来顺涮顿火锅,也就花一块大洋。北洋时期的河南,每亩地的地租在三块大洋至十二块大洋之间。当时各地的农村雇工,工钱最多也就是每天一角。

也许这则故事有些许夸大,毕竟一块大洋对马尚德一家着实是一大笔钱,但帮助李士芳确为真。马尚德这雪中送炭的钱不仅让李士芳重新回到了课堂上,盈余的部分还缓解了李家几近燃眉的生活困顿之忧。患难见真情,经历过考验的友情才能历久弥新。多年之后,李士芳与马尚德从同学成为战友,一起勇立在了革命的潮头。

母亲张君发现自己的儿子已经变得越来越有主意,读书明义,知识的累积让孩子变得沉稳、笃定,说话做事愈发有板有眼。有一年中秋节,叔叔卧病在床,便打发马尚德去给租给他家地种的地主家送十五礼。叔叔还教给马尚德一套齐整的说辞,言辞里透着几分诌媚与讨好。马尚德少年血性,追问叔叔为何要去给地主送礼。叔叔回答,因为租了他家的地。

马尚德反问叔叔:"咱们租他家的地来种,不是交租子了吗?"

叔叔尴尬地笑了笑,说:"不送礼怕人家来年不租给咱家地,万一再加租金咋办?过十五送个礼,礼尚往来,礼多人不怪嘛!"

"礼尚往来是有来有往,咋没见地主给咱回过礼?"马尚德一脸不服气。

"你到底去不去?"

"我不去!"

叔叔怒气冲冲,自己拎着月饼出门去了。剩下马尚德自己留在原地,陷入了深思。他想起来去年此时,自称"中原扶汉大都督"的河南义军白朗经过确山时，在李湾村外安营扎寨、招兵买马的情景。1911年，宝丰、鲁山地区遭大冰雹袭击，庄稼歉收，但剥削却有增无减，致使广大农民无法生活下去，阶级矛盾异常尖锐，出现了"千百成群，揭竿起事"的形势。他们组成许多小股农民武装，纷纷开展反抗地主豪绅的斗争。白朗本是清末低级军官，因响应局势而反清，劫富济贫，不仅获得穷人支持，更收编众多绿林匪盗，后成为领袖。起初，白朗仅有二十余名士兵和一支枪，后很快壮大，至1912年，已有500余人，在河南西部一带游击。当时正值白朗军到达李湾村。白朗当时说的话，一直还回荡在马尚德的耳畔："我白朗所率起义之师，军纪严明，举旗反袁，救民于水火，所到之处，均打富济贫，除暴安良，剪除暴政之党羽，今到山，也是如此。现忠告李湾村14家富户，以五大家为主，立即开仓放赈粮，由义军监督，按户周济贫苦人家。地保、地主，请听明本都督之言：从今日起，一律免除袁政府及其省县官署下派的各项苛捐杂税，对佃户减免二成地租，平素不准勒索农民，或强收年节礼物。违抗者，必严惩不贷。李湾贫苦人家，愿从军者，一概收录……"

马尚德亦清楚地记得，当时李湾村的地主与富户磕头如捣蒜，对白朗的吩咐言听计从。那一幕深深地印在马尚德的脑海里。他意识到：卑躬屈膝、刻意逢迎永远换不来真正的认可与尊重，要想不受制于人，活得硬气，就得像白朗那样去反抗。与其奴颜媚骨地活，不如"我自横刀向天笑，去留肝胆两昆仑"。几千年来，都是劳心者治人，劳力者治于人。

难道从来如此就是正确的吗？当年陈胜、吴广揭竿而起的质问"王侯将相宁有种乎"不也正是白朗的诘问吗？

据说白朗死后被斩下首级，挂在燕京城头，示众三天。白朗惨烈的结局，是马尚德一年之后从说书人的口中听到的。中国最后一次农民起义也宣告失败。但是白朗这只敢于挑战威权、我命由我不由天的"白狼"在马尚德的心中留下了极其深刻的烙印。

1917年秋，马尚德初小的学业完成，可惜第一年高小考试落榜；他又努力了一年，被确山县第二高等小学录取，同时考取的还有张家铎、刘清范和王祖善。马尚德被分在庚班，不久便被选为班长，后来与同学张家铎一起成为全校的学生代表。高小的课程迥异于初小，不再是四书五经诸子百家，而是数学、外语、历史、地理、手工、美术、音乐、体育等一应俱全的新学。求知若渴的马尚德进入了一个崭新的领域。他曾以《与友人论修学方法书》为题，作文一篇，真迹现存于哈尔滨东北烈士纪念馆中。

与友人论修学方法书
马尚德

夫学问之道，理深义广，取之不尽，用之不竭。以人数十寒暑之光阴，而欲悉数浏览，洞瞭胸中，忱忱乎难矣哉。或曰：口不绝吟，手不失卷，朝夕诵读，兀兀穷年，理虽精奥，罔不获之；或曰：闭户潜修，外事莫顾，专心致志，念兹在兹，义虽难解，靡不释之。余以

★ 杨靖宇学生时代照片。

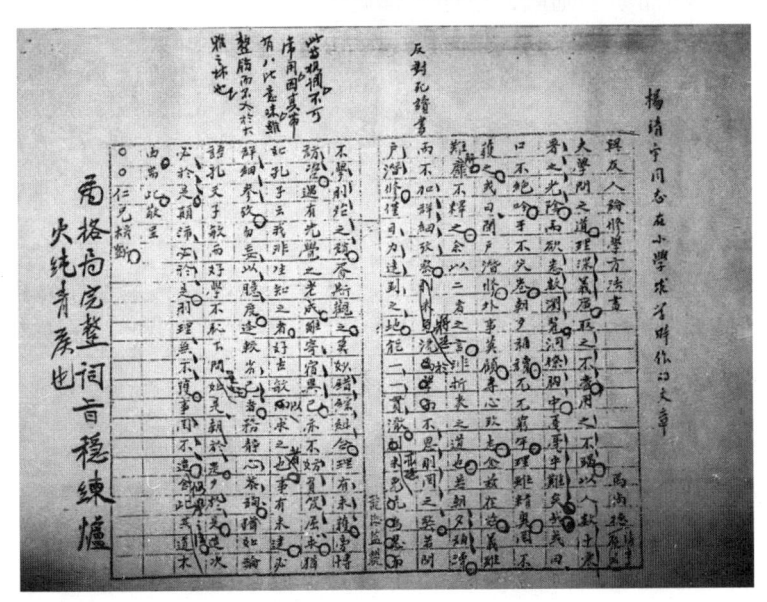

★ 杨靖宇的《与友人论修学方法书》手稿。

二者之言，非折衷①之道也。若朝夕诵读，而不加详细考察，将恐流于不思则罔之弊；若闭户潜修，仅目力达到之地，能一贯澈，亦恐未免不学则殆之诮。胥斯观之，莫妙错综组合，理有未获，旁博访咨，遇有先觉之老成，虽寄宿异己，亦不妨负笈屈求。犹如孔子云：我非生知之者，好古敏以求之者也。事有未达，必详细参考，勿妄以臆度，逢较劣己者，务静心恭询，犹如论语孔夫子敏而好学、不耻下问是也。如是，朝于是，夕于是，造次必于是，颠沛必于是，则理无不获，事罔不达。修学之法，舍此其道未由。耑此。敬呈

仁兄核断

学而不思则罔，思而不学则殆。在全新的校园环境中，马尚德犹如游鱼得水一般畅快淋漓。少时心中的疑惑在这里逐渐寻得了答案。西风东渐，德先生和赛先生携手并肩进入中国。新文化造就新青年，马尚德接受了新文化的洗礼，成为一名觉醒年代的热血新青年。

---

① 此文中，手不失卷即手不释卷；折衷即折中。

窗前的那张书桌

相见欢·确山暴动

确山暴动中原。地翻天。百姓欢腾同庆、尽开颜。

惩县衙。打贪污。免苛捐。何日再擂战鼓、待秋天。

秋风起,往事拂成烟云,可是一个民族英雄的故事,永远也不会褪色,它已经刻盘成一个国家的文化记忆。

那是在驻马店杨靖宇研究会,我见到了曾任秘书长、副秘书长的乔长泰和陈启尤。他们曾经是同学,1977年,两个人同时考入了驻马店师范学校历史专业。毕业后一个进入政府机关,一个留校任教。多年之后,两个人又相约携手成为杨靖宇研究会的中坚力量。

叱咤南满大地,令日本侵略者闻风丧胆的杨靖宇将军就是河南驻马店确山县李家湾的马尚德。1950年7月1日,

《河南日报》发表一篇纪念文章《民族英雄模范共产党员杨靖宇》，执笔人是时任河南省省委组织部部长杨一辰。杨一辰曾在1932年与张贯一在中共哈尔滨市委一起工作过。从张贯一的说话口音中，杨一辰觉得老张应该是豫南人。解放后，一次偶然的机会，杨一辰巧遇了确山农民暴动领导者之一、新中国成立后任公安部副部长的徐子荣。两个人在攀谈中把几个名字画上了等号：马尚德＝张贯一＝杨靖宇！

乔长泰老家在驻马店汝南县水屯镇，陈启尤家在确山县顺河乡大陈庄。二人的家都距离李家湾不远，他们从小就心存着对大英雄的崇拜与景仰，是听着杨靖宇将军的传奇长大的一代人。他们做梦也想去英雄的故里，这个梦想终于在1966年秋天实现了。两个十几岁的少年徒步十几里路，来到了英雄的老家。乔长泰只记得当时有人排着队拿小刀挖杨靖宇在屋前种下的那棵槐树的树皮，新鲜树皮的香气弥散在空气中，让人禁不住贪婪地深吸一口气。在陈启尤的记忆里，印象最深的是他曾经坐在杨靖宇睡过的一张床上，当时还激动地流下了眼泪。

乔长泰与陈启尤都曾经去过东北，参观过通化杨靖宇烈士陵园，也到过杨靖宇将军殉国地。虽然驻马店杨靖宇研究会成立于2004年，但是他们研究杨靖宇已经几十年了，《杨靖宇研究》杂志从创刊到现在，一直没有间断过。缅怀革命先烈，弘扬民族精神，他们不遗余力。

坐在我对面的两位老人侃侃而谈，一个主谈，一个辅谈；一个勾勒大框架，一个补充小细节；一个幽默机敏，一个沉稳内敛。岁月是最好的磨合剂，将这两个昔日的同学、今天的老友磨合成紧密咬合的两个齿轮。在他们共同崇敬的杨靖宇将军的生命中，是否也有如此这般的同学与战友？

既然是发生在杨靖宇将军出生地的故事，我们还是称呼将军为马尚德吧！

1919年5月4日，火烧赵家楼的烈焰在北京点燃，而后迅速席卷中华大地。虽然相距千里，但毗邻京汉铁路的确山县两所高小亦被裹挟其中，接受着新学教育的学生们心中的爱国烈火被熊熊燃烧。马尚德、张家铎被推选为学生代表，带领全校学生走上街头进行反日示威游行。马尚德走在队伍最前面，振臂高呼："外争国权，内除过贼！""誓死力争，还我青岛！""拒绝在巴黎和约上签字！""废除二十一条！""抵制日货！"

所有的口号在马尚德看来都绝非是一句仅仅逞口舌之快的口号，他觉得这是一种方向，一个指引，一声号令。马尚德内心深处最想要做的，就是把口号付诸行动。而相较于其他的口号而言，唯有"抵制日货"一句是他能够付诸实践的。

马尚德留心观察了一下，发现确山县城有为数不少的商家在经营着日本商货，洋火、洋布、洋油，细细查勘一圈之后，方觉日本人的经济触角已经深深渗透到了中国老百姓日常生活所需的各个领域。马尚德在跟张家铎商议之后决定分两步走，首先在街市上挨家挨户检查日货，限期商家要么自行停止销售，要么把货物退回日本商行，逾期则没收销毁。其次严控源头输入，定时去确山县火车站巡视货物运输，一旦发现日货立即退回或扣留。

一天，马尚德与同学发现一家商店在偷偷销售日本货物，于是发动同学上门督促其整改。谁知店老板依仗着自己的军阀背景，不但蛮横不讲理，还去县政府状告学生无理取闹。彼时的北京，已经有学生被捕入狱。校长担心势态蔓延，不可收拾，遂下令学校复课，欲让学生们停止游行示威，回到学校，回到课堂。马尚德、张家铎面见校长，力陈抵制日货的必要。他们坚决反对复课令，分头组织全校师生罢课。校长无奈，县政府也怕麻烦，在他们的相互推诿、扯皮中，马尚德带领同学们将这段时间扣留的所有日货付之一炬。烈焰腾空，火舌飞舞，商家捶胸顿足、如丧考妣，马尚德与同学们拍手称快，欢声雷动。火光中，马尚德若有所思，他从这一次小小的胜利中看到了坚持的力量、团结的力量与集体的力量。

就读高小的学生，既有马尚德这样一般家庭的孩子，也有商贾、地主家的子弟。大部分的同学都能遵守规矩，也有极个别的学生骄奢淫逸，仗着自己的家庭在学校里颐指气使。马尚德班上有一个姓孙的学生，出生在地主家庭，他把从小在家养成的习气带到学校里来，时不时就会戏弄、欺负一下比自己弱小的同学。有一次，一个同学被孙少爷戏耍得大哭起来，马尚德忍无可忍，把他胖揍了一顿。

孙少爷被马尚德教训得连声告饶："马尚德，别打了！我再也不敢了！你饶了我吧！"

马尚德停住手，说："大路不平有人铲，于理不合有人管。以后再也不许欺负同学！还有，你给我记着，打你的人是我，有种冲我来，不许你欺负同学！"

"我记住了！我再也不敢了！"

"别嘴上说得好，你要敢向你爹告状，找人报复我，除非你不来上学，否则我见你一次打一次！"

"马尚德，你放心，我是真的不敢了！"

转眼之间，一个学期结束了。新学期伊始，县教育局派了一个学监到学校，说是来整肃学校的风气。学监觉得自己手持教育局的尚方宝剑，便有恃无恐，目空一切，对学校的事务指手画脚。校长迫于淫威，不敢反驳，只得跟在学监身后忍气吞声。一天，两个兵差闯进校园，把学校食堂的伙夫老李抓起来，捆在操场边的一棵树上拷打。理由是老李可能偷了学监的衣服。其实就是食堂的伙夫李师傅没有配合学监提高饭菜价格，而被学监伺机报复。此时，老李被缚住了手脚，两个兵差用皮鞭狠狠地抽打他。惨烈的叫声传到了正在上课的马尚德耳朵里，随即，他带着同学们冲向了操场，夺下鞭子，从兵差手里救下了老李。

随后赶来的张家铎指挥学生将两个兵差团团围住，两个兵差一看，学生人那么多，万一打起来一定会吃亏，赶紧脚底抹油，溜之大吉。两个人一边跑一边撂下狠话："你们给我等着，要你们好看！"

果然，没过多久，学监带着更多的兵差来到了学校，扬言让学校交出小偷和领头闹事的。校长和教务处主任做低伏小，一个劲地赔笑脸、说好话，学监一概不理。

另一头，马尚德拿着一盒火柴，抓起一把干草，趁乱爬上了房顶。房子的建筑皆为木质结构，屋顶本就是茅草顶。

马尚德站在高高的房顶上，面无惧色，大声说："学校是教书育人的地方，兵差抓人需要凭证，你们的公文呢？你们说李师傅偷东西了，人证呢？物证呢？"

"小兔崽子，你赶紧下来，不然老子开枪崩了你！"

"你敢？你敢开枪，我就敢放火烧了这间房子。"马尚德划着了火柴。

兵差怕事情闹大，赶紧软下身段："你先下来，有话好说！"

马尚德不上当，一口回绝，不仅如此还用上了反间计："这位兵爷，你们这是出公差呢，还是出私差帮人出头呢？可别狐假虎威，上了人家的当啊！连县长都对我们高小的学生高看一眼呢！你们又不是不知道！"

领头的兵差看了一眼学监，面露愠色。原来他们是被学监不知用了什么手段找来恐吓学生的。领头的兵差狠狠地瞪了学监一眼，带着自己的人马扬长而去。学监也自讨没趣，趁人不注意离开了。事后，校长把马尚德大骂一通。好在，那个自知理亏的学监没有再继续生事搞是非，事情也就这样过去了。不过，马尚德在学生中的威望与日俱增，同学们发现，马尚德是一个精力特别充沛的人，仿佛身上有使不完的劲。他不仅门门功课优异，就连音乐、美术、体育也不在话下。五四运动之后，《新青年》《东方杂志》《少年中国》等大批新书、新报、新杂志涌入校园，马尚德总是那个读完之后还能有自己见解的那一个人，慢慢的，他身边主动聚拢的人越来越多。马尚德成为学校名副其实的风云人物。

在学校，马尚德是学生领袖，是风云人物，但是一回到家里，他就只是母亲张君膝下孝顺懂事的儿子。17岁那年，母亲做主为他订下了一门亲事，新媳妇是汝南县小郭庄的姑娘，名唤郭莲。受过新式教育的马尚德坚决反对盲婚哑嫁，执意在婚前相亲。郭莲端庄大方，眉清目秀，马尚德一见倾心，便同意了母亲的主张，接着便三媒六聘，选了良辰吉日，迎娶郭莲进门。虽然结婚了，但是除了假期，其他时间马尚德都是住在学校，安心读书，继续自己的学业。

1920年3月，在李大钊的倡导下，北大学生邓中夏、高君宇、黄日葵等十几个人在北京成立了研究马克思主义和社会主义的团体——马克思学说研究会。它是中国最早研究和传播马克思主义的团体。马克思学说研究会成立之后，搜集了与马克思学说相关的德、英、法、日等各种图书，作为"研究上重要的先务"，并建立了专门收藏共产主义书籍的图书室，取名"亢慕义斋"，即共产主义室。直到现在，北京大学还保留着盖有"亢慕义斋"印记的藏书。同时，研究会组织有翻译能力的会员成立译书小组，分别译出亢慕义斯特丛书、列宁丛书、马克思丛书等，并在1923年《响导》上刊登"亢慕义斯"的译书计划。此外，马克思学说研究会对唯物史观、阶级斗争、剩余价值等马克思主义的基本理论及世界实况进行研究，特别注意对中国革命问题的广泛研究和学习。可以说，马克思学说研究会在中国共产党成立前对马列主义在中国的广泛传播，以及培养中国早期的马克思主义者，都起了重要作用。它对马尚德亦影响深远。

马尚德高小毕业之后，考取了位于开封的河南省立第一工业学校的纺染专业。张家铎则考取了位于信阳的河南省立第三师范。

1923年的开封是河南省的省会，是河南省的政治、经济、文化中心。在开封读书期间，马尚德有更多的机会读新书、阅新报。马尚德就读的河南省立第一工业学校图书馆中文史真人读物偏少，更多的是应用技术类的书籍。马尚德在同学和老师的帮助下，相继办理了河南省第一师范、河南省立图书馆等的借书证，只要有时间，他就一头扎进图书馆，如饥似渴地吸收书里的知识。偶然的一次机会，马尚德在报纸上看到了马克思学说研究会招募会员的启事，当即整理好自己的资料，按报纸上的地址邮寄到北京大学。不久他就收到了马克思学说研究会同意他入会的回函，一并收到的还有许多闻所未闻、见所未见的马克思主义宣传资料。这意外的收获让马尚德惊喜若狂。多年之后，学者研究发现，马尚德是开封市加入马克思学说研究会的第一人，是全国加入马克思学说研究会的第88名会员。

　　除了埋头阅读，马尚德还加入了青年协社的读书会。1922年5月，在中国共产党的直接领导下，中国社会主义青年团在广州召开第一次全国代表大会，1925年更名为中国共产主义青年团。早期的中国社会主义青年团在开封各个高校中都有自己的社团，其中比较活跃的有河南青年社、青年学社、青年救国团、青年干社，后来统一为青年协社。青年协社是中国社会主义青年团的外围组织，专门吸收进步青年，致力于培养新青年。在青年协社定期举办的读书会上，马尚德与一群志同道合的年轻人针砭时弊，对当下时局乱象提出自己的见解，探讨出路。马尚德口齿伶俐，声音洪亮，阐述自己的观点时，条理清晰、逻辑分明。

★ 杨靖宇与同学合影照片。

他还特别擅长类比论证与比喻论证，每一次的发言都能搏得满堂彩。青年协社改选时，马尚德全票当选新一届领导人。之后，他发挥自己出众的组织能力和灵活的变通能力，把青年协社的影响力由校园扩展到社会，让青年学子走出书斋，走向火热的生活。会员招募也不再局限于青年学生，而是增加了青年工人，这样一来，会员大幅增加，短短的时间内，会员增加了两倍多，影响力几乎覆盖了整个省城。

战区灾民生还时之感想

马尚德

偶见一老翁鬐须俱白，面似魍魉，身披褐衾，足跣而往，若呆若述。从而问之，俯首不答，又问之，凝目泪下曰："吾祖仕官，九世同居，金积堆山，地连阡陌，以为终身百毋冻凄矣。自辛亥义兵崛起，改造共和，更以为荣乐，不恋荣土之地。频为战区，蕴蓄金银，输充军需。值延今日房屋被焚，地无立锥，族家兄弟苗裔摧残净尽，渺渺一躯沦为乞丐，聊以度日。"余闻之后，不禁惺然生悲。大专制时代价戮由一人之喜忧怨。一言之失，祸连诸族，即足惨矣。自共和成立以来，彰然脱离专制痛苦，向自由发展之域，以与历史争光。竟国贼盘踞要津，咕嗫图谋，攫取人民血汗之金钱，供一己靡费开朋法贿选之役后，作狼狈为奸之先河。既无爱国观念，复豕狗人民，愚昧世界潮流，以致全国骇然，尤不知足，反无故开衅，假借共和之面具，作盗跖之行为，使烽火连天，战声入耳，穷兵黩武之风，莫此为甚。回想为国乎？为同胞乎？靡不离心背德，图私营利，干戈叠起，金融大结，押都借款，使万民感受其荼苦，虽有南江南山竹之海冤亦莫可诉。呜呼！是翁何辜？年至耄耋尚遭兵祸切肤之忧。又加旱涝不均，盗贼蜂起，若战事长此不息，则中国土崩瓦解之祸不远矣。

这一年临近放暑假，青年协社接到上级中国社会主义青年团的通知，让学生会员利用假期返乡的时机，以县为单位开办农民夜校。马尚德当仁不让地被确山籍的同学推举为确山县农民夜校负责人。

开封距离确山县有三百公里，马尚德跟同学们星夜兼程地回到了老家。遥远路途，给了他充足的思考时间，别人在路上谈笑说闹，他眉头紧锁，一遍遍地在心里推演自己的计划。回到县城，马尚德直奔自己曾经就读过的确山县第二高小，与校长商谈借用校舍晚上开办夜校的事宜，确定之后，又马不停蹄地赶往其他的地方接洽，短短数日便谈妥了三处夜校开办点。有了场地，还要走村入户宣传，发动农民来上夜校，接受扫盲启智教育。马尚德每天从早忙到晚，一刻不得闲，累得精疲力竭，倒头就睡。整个暑假，他没有回过一趟李湾村，没有在母亲膝前尽孝，也没有帮媳妇儿郭莲做过一天家务，更没有看护过一次粉雕玉琢的儿子。除了夜校教学，马尚德还跟同学们三五天下乡一次，在乡村集市上做公开演讲。有一天，马尚德在李湾村集市上偶遇妻子郭莲。其实郭莲早就听村里人说自己的丈夫回来了，不是在县城搞夜校，就是在集市上搞演讲。郭莲其实内心非常思念马尚德，但又不能明说，只有在婆母张君念叨的时候劝慰几句，说马尚德忙，等忙完了就会回家了。每逢赶集，郭莲都要去一趟，内心怀着能偶遇丈夫的希冀。功夫不负有心人，郭莲终于等到了马尚德，但是人多眼杂，不容二人说体己话。郭莲含着眼泪目送着丈夫被人簇拥着走远了。马尚德一直忙到临近开学，在完成最后一期夜校教学后就返回了开封，到底还是没有回成家。

1926年秋，马尚德正式加入共青团。这个时候，中国社会主义青年团已经更名为中国共产主义青年团。马尚德离中国共产党又近了一步。同一时刻，马尚德的同学张家铎，已经领先一步，于1925年4月加入了中国共产党，被党组织派往上海大学学习。张家铎比马尚德刚好大三岁，张家铎的姐姐嫁给了马尚德的一个叔叔。有一年春节，马尚德在四叔家巧遇刚从上海返回的张家铎。老同学见面分外开心，从张家铎的谈吐中，马尚德隐约能感觉到自己这位昔日的同学应该已经是一名共产党员了。

随后的日子，马尚德勤奋学习，以优异的成绩完成了河南省立第一工业学校初级班的学业，按照学制可以升入高年级继续深造。北伐战争开始几个月之后，开封突然宣布，各学校提前放寒假，而那时才刚进入十月份。接到提前放寒假的消息时，马尚德并不觉得失落，反而暗中高兴，因为就在不久前，他接到了通知，开封的党组织希望各校党员、团员想办法回乡发动群众，以配合国民革命军北上。与此同时，张家铎也从上海回到确山县，他也是带着任务回来的，同样是要配合河南地下党组织开展农民运动，迎接国民革命军北伐。早在1924年，在国共两党的努力下，双方实现了第一次合作。

辛亥革命失败后，北洋政府腐败无能，军阀内部派系林立，割据一方。1925年3月12日，孙中山在北京逝世。1926年7月，为完成孙中山的遗愿，国民党中央在广州召开临时全体会议，发表《中国国民党为国民革命军出师北伐宣言》。之后，数万国民革命军开始挥师北伐。10月，北伐革命军接连攻克湖南、湖北，北洋政府不甚惶恐。在北伐进军的过程中，中国共产党人在军队、政治工作以及发动工农群众方面作出了巨大贡献。

当时的河南是大军阀吴佩孚的地盘，驻军有30万之多，各级政府被大小军阀牵制，人民被肆意欺压，每年征缴的赋税是清政府的六倍，有些地方竟然预征。人民处于水深火热之中，想反抗又不知道该如何反抗，只能低头认命，做一群任人宰割的羔羊。

马尚德、张家铎一前一后回到了确山县，此时的两个人不再隐瞒彼此的身份，而是开诚布公地亮明，并说出了自己的任务。高小期间的朝夕相处，历经毕业分别，如今重新聚首，张家铎、马尚德两个人各自都有了收获与成长，他们不再是昨日的他们，他们更加成熟了，理性了，但是有一些东西却没有改变，他们依然是怀揣着赤子般的报国之梦的热心青年。他们昼夜奔走呼号，足迹踏遍李湾、川东、板桥、驻马店、竹沟、石公河等地，因为有之前的农民夜校基础，所以这一次的群众发动工作并未受到太大阻力，最主要的原因还是河南人民饱受欺压与压迫,他们都迫切想改变自己的命运。马尚德的宣传对他们来说,无异于久旱逢甘霖。

马尚德有时候早出晚归,有时候昼伏夜出,来家里找他的人不是风风火火,就是咋咋呼呼。母亲张君一边高兴一边担忧,高兴的是儿子终于回到了身边,担忧的是儿子到底在做什么,莫非搭帮结伙在做不义之事?依着对自己儿子心性的了解,张君觉得他不会走歪门邪道,但是出于母亲的关心,她还是找了一个机会把儿子叫到身边问话,要亲耳听听儿子怎么解释。

"顺青,你这好不容易放假回家,天天不见人,你到底在忙些啥?"

"娘,我没忙啥!嗯,我这也算是工作吧。"

"儿啊,你可别学坏了哟!"

"娘,我不会的。我这工作是为了咱穷人将来能有好日子过。"

"唉!穷人哪里能有好日子过哦!"

"娘,真有的,那个地方叫苏联,他们那里穷人就是国家的主人,工人、农民当家做主,没有军阀、地主欺负人。我的工作就是组织穷人起来斗争,起来反抗!"

"你天天忙忙叨叨的,真的就是为了穷人能过上好日子?"

"娘,我还能骗您老吗?"

"媳妇啊,你能听懂顺青说的是啥吗?"

郭莲摇摇头,说:"娘,我不懂,但是我相信顺青他不会干坏事,他不是那样的人!您老也应该相信他。"

1926年11月,中共中央通过中共豫陕区执委会特派张家铎回豫担任中共驻马店特别支部书记,负责确山、汝南、遂平等地的建党工作。当地党组织建立后,他改任特支宣传、农运委员和共青团特支书记并兼确山县党组织负责人。走马上任之后,张家铎主持召开党团特支扩大会议,宣布将对当地的红枪会进行改造,加以引导,使其成为农民运动的有生力量。争取红枪会的工作就落在了马尚德的肩上。

红枪会是一个民国时期活跃在华北地区带有宗教性质的地方武装自卫团体。其起源比较神秘,据说,红枪会直接传承于义和拳教。义和团运动失败后,大多数义和拳教民从京津一带回归乡里,一面务农,一面习教习武。军阀混战后,土匪猖獗,百姓苦不堪言,于是义和拳教便摇身一变,以红枪会之名在山东再度兴起,而后传入河南,到1927年,河南参与红枪会的群众近百万人。1926年,中国共产党第四届中央执行委员会第三次全体(扩大)会议,专门讨论并通过了《对于红枪会运动决议案》,决议把红枪会从自发的农民反抗斗争引上正确的革命轨道。

确山县红枪会分东、西、南、北四路,东路为欧阳炳炎,西路为刘世彦,南路为李述曾,北路为徐耀才。平时他们都是老实本分的工人、农民,只有抗捐抗税、应对兵匪扰乱时才持枪自卫。知己知彼,百战不殆。马尚德对这些枪会首领一一研究分析,对症下药。徐耀才原是个穷苦农民,为人重情重义,马尚德对其晓之以理,动之以情,与他换帖拜了把子,成功将其引导到革命道路上来。还有一个红枪会首领是马尚德同学的族亲,通过近距离接触交心也完成了转化工作。到1926年底，确山县建立了四十多个基层区、乡农协会，其中多数是由红枪会转化而来的。经过共产党教育、整顿后的红枪会，在组织上消除了原先各自为政的局面，成为一支重要的反帝反封建的革命力量。通过整顿红枪会，发展壮大了农民协会，中国共产党领导的确山农协自卫军武装初见雏形。

万事俱备，只欠东风。1927年2月15日，农历正月初四，中共驻马店特支在确山县洪沟玉皇庙召开了第一次农民协会代表大会，共有70多人参加。张家铎主持会议，马尚德作报告。会上成立了确山县农民协会，选举马尚德为确山农民协会执行委员会委员长，张家铎、张立山、张耀昶、徐耀才等11人当选为执行委员会委员。农协成立当天，便包围了确山县城，与县长王少渠斗智斗勇。

随后，中共驻马店特支决定趁热打铁，举行农民暴动，以巩固革命成果。1927年4月4日，数万名农民齐聚确山县城东关大操场，与县长王少渠谈判，意让其接受农协的四项主张：交出四大劣绅并予以惩处，免除一切苛捐杂税，立即停止拉夫派车，释放因抗捐抗税而被关押的农民。王少渠使出缓兵之计，拖延时间；士兵则趁乱打死农协战士。谈判不成之后，马尚德、张家铎指挥群众强攻县城，战斗打得非常惨烈，最终农协会攻下县城，活捉了县长王少渠，歼灭守城部队官兵数百名。一面绣有黄色犁头的红旗冉冉升起在确山县城上空，确山农民暴动取得胜利。

《打确山》是有据可考，马尚德参与编写的一篇唱词，一直传唱至今。

《打确山》

日头出来红满天，受人欺侮怎心甘。
要是不想当牛马，拼命和他干一番。
北方八军来得欢，他的军队出奉天。
从前军长郭松龄，现任军长魏益三。
伪军要占河南省，确山县里把营安。
民宅单拣堂屋住，还要银子还要钱。
每两银子六十四，另外又加特别捐。
还要米来还要面，又要柴来又要钱。
白天出城把树锯，夜晚出城把人拴。
群众逼得无其奈，组织起来和他干。
正月十四把火点，一直烧到三月三。
红枪会、义和团，提刀拿枪到城边。
捉住劣绅整四个，魏楚何田把名宣。
欧阳炳炎张立山，带领人马有万千。
南五有个李天道，北十有个张广汉。
有青年，有壮年，青年壮年一齐端。
红缨枪，一大片，红缨扬起遮满天。
常言人多力量大，这话真是不虚传。
围住确山五天整，抬枪扛炮打得欢。
到底群众力量大，八军劣绅都胆寒。
三月初七夜过半，打开西门窜了圈。
人民武装进了城，治安委员把民安。

苛捐杂税都废除，全年钱粮豁免完。
群众看了这布告，哪有一个不喜欢。

这是一曲胜利之歌，也是一首革命长诗。它像一枚凝固时光的琥珀，将那段历史永远地记录了下来。有了这一次的小试牛刀，在以后的岁月里，马尚德将会谱写更多的歌曲。

1927年4月24日，确山县各界代表民主选举产生了全国第一个县级苏维埃革命政权——确山县临时治安委员会。临时治安委员会由马尚德等七人组成，又从七人中选出了三位常务委员会委员，马尚德为常务委员之一。确山革命政权建立之后，直接为国民革命军北伐部队扫清了入豫的道路，使其作战前沿向河南纵深，顺利推进了两百多公里。马尚德组织精干力量全力襄助北伐军作战，为北伐战争阶段性胜利作出了不可磨灭的贡献。1927年6月1日，北伐军攻克郑州。翌日消息传到确山县，马尚德挥毫泼墨，手书楹联一副，以抒胸臆！

庆今日克复郑汴澄清黄河水
祝他年直捣幽燕扫尽长城灰

在这豪迈的楹联中，我告别乔长泰与陈启尤，按照他们给我的路线，找到了确山县临时治安委员会纪念馆。这是一座清代小瓦建筑，前后共三进院落。第一进房屋临街修建，浑圆的木柱支撑着镂花的走廊和屋檐。廊前立着一方汉白玉石碑，碑上刻有"确山县临时治安委员会旧址"和"河南省

★ 确山县临时治安委员会旧址。

★ 本书作者一半女士在杨靖宇曾使用过的书桌前。

重点文物保护单位"字样。中国共产党建党百年即将到来，河南省拨专款对确山县临时治安委员会纪念馆进行了修缮。这个四合院是当初临时治安委员会办公的地方，平时不对游人开放。正是由于这样的契机，我才得以走进第三进院落。

马尚德的办公室坐北朝南，是一座二层小楼。一层不见旧物，四面墙壁以连环画的方式顺时针介绍了他的一生。踩着吱呀作响的木质楼梯来到二层，我找到了此行最大的收获——一张书桌，一张马尚德曾经用过的书桌。

端坐在书桌前，提笔写下此时此刻的遐思。从马尚德心智启蒙那天起，有多少个夜晚、多少个时刻是在书桌前度过的？这一张，只是他用过的其中之一。倘若我不是因为采访，而是一个普通的游客到此参观，恐怕没有这样的机会近距离地接触到实物，不，是文物。书桌久不沾人气，皲裂、皴皮，况且原本也不是什么名贵的木料，只是一个实用器物罢了。书桌前的窗户亦是年久失修，已经被钢钉、木条封死；隔着玻璃花格，隐约可以看见窗外不远处有棵槐树。夜深人静时，月上中天时，霞光初现时，彼时彼刻的马尚德就是坐在与我此刻相同的位置，构思管理制度，起草各式文书……书桌临窗，工作累了的马尚德一定会开窗透气吧，抑或窗户原本就是开着的，以疏解室内的燠热或心中的烦闷。

七月的中原大地，酷暑难当，转移的前夜，坐在这张书桌前的马尚德在想些什么呢？是感伤，还是落寞？

1927年7月4日，因局势恶化，中共驻马店特支决定，确山县临时治安委员会撤离确山县城，转入农村，坚持地下斗争。

一尊汉白玉雕像

定风波·刘店起义

耳畔枪林弹雨声。吾当勇猛向前行。为革命牺牲无价。谁怕？男儿血洒在疆城。　凛冽朔风吹我醒。微冷。夜深如墨月相迎。振臂高挥萧瑟处。归去。秋收起义雨初晴。

既然来了确山县，罗平均是一定要见见的，曾任杨靖宇研究会秘书长、副秘书长的乔长泰与陈启尤都曾说起过他。罗平均也是驻马店杨靖宇研究会的成员，他搜罗收集了非常多的历史资料，是确山县研究杨靖宇爱国主义精神的翘楚。得知我已经去过杨靖宇故居，坐在我对面的确山县党史研究室主任罗平均一边打开抽屉翻找，一边笑眯眯地问："你看到杨靖宇将军故居门口的那座汉白玉雕像了吗？"

罗平均手上拿着一张黑白照片，照片上一个清秀、瘦削的青年站在雕塑前，表情庄严。眉目间与眼前这位1967年的成熟中年人依稀有些重叠。

"这是我在驻马店商业学校读书的时候拍的。有一个周末，那个时候不是双休，一周只休息一天。星期天的时候，我和同学在学校食堂吃完早饭，沿着铁轨走到了李湾村。那个时候杨靖宇将军的故居还是原貌，土坯房、茅草顶，现在你们看到的是修缮过的。我就在这个雕像前边，照了这张相……"

三十多年前的一天，能被记得如此清晰，甚至连那天的天气还有那天吃过什么东西、聊过什么话题，罗平均都能说得上来。因为步行来回需要大半天的时间，罗平均与同学自带了午饭，早晨在食堂一人多买了一个馒头，用水壶背了热水。那天的天气晴好，两个人走了没多久就出了一身汗，话题始终则围绕着一尊汉白玉雕像。

"我上初中的时候，驻马店号召团员青年、中学生为塑杨靖宇将军雕像捐款。那个时候我就有一个愿望，希望有一天能亲眼看到这尊雕像。杨靖宇将军是大英雄，我用我自己的方式表达了对英雄的爱。我觉得很骄傲！"

1987年参加工作之后，罗平均每个月都从微薄的工资里挤出来一部分去买书，像他给我找出来的这本《抗战时期的竹沟》，就是当时新华书店处理的积压书，那时的价格仅几毛钱。罗平均说，现在这本书在孔夫子旧书网价格翻了好几十倍，其实也不是钱的问题，他手里有一些资料就算是孔夫子旧书网上都没有。他的一部分书甚至是油墨印刷，封面谈不上装帧，也没有什么设计感，但是很多书已经绝版了。

★ 青年罗平均在杨靖宇雕像前。

重要的不是书本身,而是那几行铅字,他们是离我们想求索和还原的历史真相最近的记录,虽然也有许多谬误。罗平均甚至觉得,研究与考证的魅力恰恰就在于,在正确与谬误之间不断地交替。

确山临时治安委员会纪念馆,罗平均去过无数次,他说自己闭上眼睛也不会走错房间,对馆内的陈设布局与那段红色的历史更是如数家珍,张口就来。

确山农民暴动之后,确山县产生了全国第一个县级苏维埃革命政权——确山县临时治安委员会。这也是确山县被誉为"全国红色第一县"的由来。然而,屋漏偏逢连夜雨,确山暴动成功之时,恰好是大革命的低潮期,外部是"四一二"反革命政变,内部是我党的右倾错误路线,在外部与内部的双重恶劣局势交加之下,确山暴动的胜利果实不足百天便宣告夭折。反动势力趁机死灰复燃,纠集人马东山再起。被惩处的劣绅与之沆瀣一气,包围了确山县城。曾经允诺接受中国共产党领导的红枪会本就意志不坚,见势不妙,纷纷改弦易调,不但见死不救,还落井下石。被困在城中的马尚德所依傍的只有县治安大队的200余人,敌我力量悬殊。激战一天后,马尚德率众成功突围,根据驻马店特支紧急指示,转移到刘店,暂时隐蔽在农村。

这一年,马尚德才22岁。放在当下,22岁只是一个大学毕业生离开象牙塔即将步入社会的年纪。而彼时的马尚德在风华正茂的年纪,已然经历了血与火的淬炼,他那理想主义者的情怀被残酷的革命现实已然无情地碾压了一番。从确山县城撤至刘店,这群年轻的革命者——李鸣岐、马尚德、张家铎、张耀昶、张立山、李泽青、刘青凡隐蔽在刘店双桥村，他们痛定思痛，对确山暴动的前因后果复盘总结。他们挤在一间狭小的土坯房里，有时点一盏昏黄的豆灯，有时干脆借着月光来照明，他们逐一发言，检讨得失成败。锣不敲则不响，灯不拨则不亮，理不辩则不明。确山暴动的初心是为了劳苦大众，但为什么在关键时刻，却没有老百姓站出来与革命者比肩而立呢？原因在哪里呢？他们反思：暴动之前，他们过于侧重争取红枪会首领，走的是上层路线，随着几个主要红枪会首领的临阵倒戈，他们的支持力量瞬间化为乌有。得人心者得天下。革命要想成功，首先就要争取人心，更多的人心意味着更多的支持，毕竟人心向背才是决定存亡的关键因素。

就在大家士气萎靡、自怨自艾、情绪深重之时，党中央传来了令人振奋的消息。1927年8月，在大革命遭到失败，革命转入低潮的关键时刻，中共中央在汉口召开八七紧急会议，不仅总结了大革命失败的经验教训，彻底结束了陈独秀右倾投降主义在中央的统治，更确立了发动土地革命和武装反抗国民党反动派的总方针，号召全党和全国人民群众继续进行革命斗争，并把组织武装举行秋收起义作为当前党的最重要任务。1927年9月，中共河南省委按照八七会议精神，通过《河南目前政治与暴动工作大纲决议案》和《农民运动决议案》，决定在全省组织武装暴动，紧密配合两湖的起义，成立豫南、豫中、豫北3个特别委员会，负责武装暴动的具体领导工作。特别是豫南距湖北很近，武装暴动搞得好，影响会更大。

果真是何时再擂战鼓，待秋天！

秋风催熟了地里的庄稼：豆荚满了，鼓起了黄绿相间的小肚腩，金橙橙的谷穗沉甸甸的，高粱一鼓作气红了脸膛。田野上空弥散着一股挥之不去的香气。1927年9月下旬，中共河南省委正式决定成立豫南特支，派王克新担任豫南特委书记。豫南特委机关驻信阳，辖15个县。王克新亲自起草了《暴动工作大纲》，将工作重点放在基础较好的确山和四望山两地。在确山设立了由李鸣岐任主任、马尚德任组长的驻马店办事处。就在确山、四望山分别积极准备武装暴动时，河南省委却接到了湖南、湖北暴动失败的消息，当即决定取消原定在河南全省总暴动的计划，改为各地随时暴动。

虽然湖南秋收起义的结果是失败的，但这次起义的意义影响深远。参加秋收起义的不仅有军队，更有数量众多的工农武装，而且第一次公开打出了工农革命军的旗号。湖南秋收起义开始时以攻占长沙为目标，但遭受重创后，意识到敌我力量悬殊，便果断改变策略，从进攻大城市调整为向农村进军。随后，起义部队在三湾村进行了整编，将党支部建在连队上，党指挥枪铸就了人民军队的灵魂。湖南秋收起义部队转移至农村，从小到大，从弱到强，对敌进行游击战争，为后来各地工农红军和农村革命根据地的大规模发展奠定了基础，探索了道路。秋收起义是土地革命的开始。中国革命由此进入了以农村为中心、以土地革命为主要内容的新阶段。湖南秋收起义，让共产党人明白了一个道理：中国革命的中心在农村，而不是在城市。

让我们把视线再转回确山。中共豫南特委书记王克新召

★ 陈列于杨靖宇将军纪念馆的画作:《刘店秋收起义》。

集会议，宣布了暴动计划，强调了这次暴动要达到的目标：杀尽土豪劣绅，夺取豪绅武装或金钱，唤起民众自卫心理及其组织，准备将来之大暴动。会后，马尚德深入确山县农村发动群众，筹集枪支弹药，组建敢死队，利用一切可以利用的时间进行基本的军事和体能训练。根据河南省委指示，在正式暴动之前要在确山的农村掀起铲除豪绅的革命浪潮，一扫笼罩在穷苦百姓心头的恐怖。几经商讨，最终将确山县北范庄最大的劣绅范天培确定为第一个铲除的对象。

这天晚上，夜黑风高，马尚德亲自带领他训练的敢死队，搞了一次突然袭击，将睡梦中的范天培抓获，历数他素日的罪状后，将其就地处决，缴获其家藏的枪支和弹药若干。天刚蒙蒙亮，一夜酣睡的范庄百姓分到了钱与粮，他们揉揉眼睛，不相信还有这样天上掉馅饼的好事！马尚德趁机向他们宣传："乡亲们，军阀逼迫我们，土豪劣绅压迫我们，苛捐杂税多如牛毛，一年到头辛辛苦苦，种的不是自己的地，收的不是自己的粮，净为他人做嫁衣裳！这样的日子什么时候是个头？难道你们没有过够吗？不想再这样过日子的就跟着我们一起干，只有杀尽土豪劣绅，我们穷人才有盼头！"

紧随其后，马尚德又指挥敢死队成功袭击了确山县城北的另一个劣绅楚本固，虽然没有活捉楚本固，但是成功端了他的老窝，又缴获一批武器。自确山暴动失败后，确山县的革命烽火又重新被点燃，这一次冲在最前面的不再是红枪会，而是农会组织起来的广大农民，他们参与革命的热情日渐高涨。

箭在弦上，一触即发。确山火热的革命形势令人振奋，中共豫南特委决定，由马尚德、李鸣岐、张家铎、虞松如、张耀昶组成暴动总指挥部，马尚德任总指挥，将全部力量集中在刘店，发动武装暴动，以土地革命为主要斗争方式，打地主、分田地、废除封建剥削和债务。

之所以将刘店确定为起义地点，作为总指挥的马尚德是经过深思熟虑之后向中共豫南特委提议的。刘店地处驻马店确山县与汝南县交界处，反动势力相对薄弱，但是刘店又是确山县的东大门，如果起义军占领了刘店镇，就占据了有利地形，就可以与县城的军阀势力和土豪劣绅形成对峙之势。刘店镇是确山暴动时群众基础比较好的一个镇子，再次在这里举事，容易发动群众。另外，确山暴动时被农协打跑了的大劣绅李广化，如今花钱买了一个民团团长头衔，领着自己的人马大摇大摆地回到了刘店镇，不仅耀武扬威不说，还变本加厉地迫害当地百姓。在刘店镇起义，可以一举将李广化拿下，打击其嚣张气焰，彻底为民除害。此外，李广化手下兵强马壮，铲除他之后正好可以利用他的武器装备壮大起义军队伍。

几经斟酌，最终将刘店秋收起义的时间定在了11月1日，农历十月初八。彼时霜降已过，立冬未到，依然是中原之秋。天气已然转凉，田野里的庄稼早已归仓，苍茫大地，朔风凛冽，一片萧瑟、肃杀之气。然而，即将打响起义第一枪的马尚德心里却燃烧着一团火。

夜色漆黑如墨，万籁俱寂。这是一天当中气温最低的时刻，寒气袭人，使得寒风中的人影冷不丁打一个哆嗦。这也是入夜深睡的人睡得最沉最熟的时刻，但总有人无法安睡，尤其是那些怀揣梦想、立志改天换地的人，他们多么想打破黑暗，迎来一个属于新时代的黎明。黑夜给了他们黑色的眼睛，是要让他们去寻找光明。光明啊，你在哪里呢？

夜色中的刘店镇，在民团团长、劣绅李广化的团部外面，马尚德带领着一支精干的敢死队已经蛰伏许久，他们屏息凝气，等待着最佳时机。他们弓着背，像一头静默狩猎的豹子，将自己与地、与夜色尽可能地融为一体，盯准目标，只求一击即中。

时间一分一秒地过去，凌晨三时，马尚德一跃而起，在他的指挥下，团部门口摇摇晃晃、昏昏欲睡的岗哨没等反应过来已经被敢死队解决了。一枪未发，起义军就已经占据了围攻李广化团部的制高点。"啪！"随着一记清脆的枪声，刘店秋收起义正式打响。刹那间，激烈的枪声与震天响的喊杀声交织在一起，民团的团丁慌作一团，面对从天而降的起义军，没头苍蝇一样胡乱开枪。

激战持续了一个多小时，晨曦薄雾中，李广化的民团终于抵不住起义军的攻势，缴械投降。唯一的缺憾是，由于前期侦察的情报有误，本应该在团部的李广化并不在，没有将其生擒活捉。

刘店秋收起义胜利啦！确山县农民协会的会旗，那面绣着金黄色铁犁的红旗，时隔半年再次迎风招展。

当天上午，打扫完战场之后，刘店镇便举行了声势浩大的确山县农民革命军成立大会。确山县农民革命军下设大队和侦查运输队。农民革命军仍由马尚德任总指挥，李鸣岐任党代表，张家铎任大队长。在随后召开的确山县农民代表大会上，选举产生了苏维埃革命政府确山县革命委员会执行委员会，建立起了中共确山县委，并召开了县委工作会议。确山暴动的教训依然历历在目，如何保存刘店秋收起义的胜利果实是县委工作会议的主要议题。下一步该怎么办，是摆在他们面前亟待解决的问题。毕竟周围的革命环境不容他们有丝毫的放松与麻痹。多年之后，我们从这份《确山（县委）工作报告决议案》中可以一窥当年革命的艰难与险阻。

确山（县委）工作报告决议案
——组织与领导农民群众斗争，扩大党的组织及加强秘密工作，即时发动暴动与游击战争
（1927年11月）

一、因为我们积极地杀土豪劣绅，已经引起了驻军的注目，已经触犯了军阀的尊严。驻军虽因实力薄弱，不敢剧尔派兵直接扫杀群众，为土豪劣绅作伥，但是他已经明白地表示出"如不即刻停止此种行动，本军为维持地方治安计，不能袖手旁观……"敌人与我们万无妥协可能，同志应当明确认识而不犹疑地准备与敌人作继续不断的争斗。

二、据前几次的斗争与现在的情势看，我们的力量的确还十分薄弱，原因即在我们还没有唤起广大的农民群众，而只是几个勇敢善战的同志跳来跳去，这是非常危险的，我们此后须即刻号召广大群众起来，充实我们

的力量、准备与敌人做更大的斗争。

三、过去参加战斗的，只是一部分同志，而不是全体动员，所以许多工作都陷于无计划的盲动，并且侦探工作作得差池，以致屡次令敌人泄网，这样下去，怎能不归失败！以后确山的党，应下严格的命令，使同志全体动员，如有违抗命令，畏缩不前者，则不客气地洗刷，勿再姑息！同时应在战场上吸收勇能牺牲的农民入党，扩大党的组织，健全党的基础。

四、确山农民过去对于农协曾有相当组织。农民群众对于农协，亦有相当信仰。在此战斗中没有把"恢复农协""发展农协"的口号提出，建立农协的组织，实是一大缺点。我们此后应在以上两个口号之下组织农民，抓住农民群众，领导农民走上斗争之路。

五、据现实的客观环境及主观的力量分析，我们在确山的斗争形势应该是：在四乡同时爆发游击战争——所谓游击不是简单的游击队的形式，而是各地形成骚动，使敌人在这骚动之中灭迹。发展游击战争，尽量地明的暗的杀土豪劣绅，而没收其土地财产分给贫苦农民，并由农协宣布停止一切赋税，建立农协在乡村的政权。

六、组织方面：应分党与群众组织两项：

在党一方面，应即刻建立指挥全县工作的健（全）县委，改组过去不能战斗的支部，洗刷不能战斗的党员，挑选新的战员入党，使支部成为各乡斗争之核心，每个同志皆成为群众的领袖。同时注意秘密组织，是十分重要的，我们绝对不要轻忽此点，致遭大的牺牲；在群众方面：应即刻恢复农协，尽可能地在各乡召集农民大会扩大农协组织，将农协形成为此次行动的唯一指挥机关。现在特将县农协执委会及其下应有之各种组织列举如下：

1. 县执委由全县代表大会选举9个正式委员，5个候补委员组织之。

2. 执委互推3人组织常委会。

3. 执委会下设军委会管理农民革命军及其他关于军事一切事宜。

4. 执委下设财产管理委员会，专司处理逆产一切事宜。

5. 执委会下设裁判委员会，专司裁判乡村及农军一切案件。

6. 执委下成立交通侦探队。

7. 执委下成立组织部。

8. 执委下成立宣传部。

9. 各委会主席各部长及各队长均由执委委员担任。

10. 农民革命军组织法另详订之。

七、过去宣传实在太差，此后应即刻以全县农民代表大会名义，公开发宣言，在乡村中尽量发散口号贴标语，目前口号应集中以下8个：

1. 杀尽土豪劣绅！

2. 打倒新旧军阀！

3. 不交一切税赋！

4. 没收土豪劣绅及一切反革命者的财产分给贫农！

5. 农民夺取武装！

6. 组织农民协会！

7. 农协是农民唯一的组织！

8. 乡村一切事宜均归农协管理！

同时搜集斗争的材料出一刊物，扩大我们的宣传。

党亦应制定一宣传大纲，分发给各级党部。

组织宣传队到处公开召集农民作口头之宣传。

八、四乡工作因特殊环境之不同，应根据实际情形，规定具体的行动工作。

九、必须找一形势甚佳，可战可守之根据地点，作为经常争斗之中心。

十、须设法与信阳四望山打通一条直接联络的道路。

这是一份高瞻远瞩、实事求是的县委工作报告决议案，他们对自己所处的形势与环境有着清晰的认识与定位，同时，他们对于自己下一步的工作方针与斗争策略也是明确的。他们的斗争不盲目、不冒进，既不是机会主义也不是冒险主义，他们充满革命热忱，在追求理想的道路上高歌猛进，同时也能头脑清醒地低头看路，防止误入歧途，走了弯路。对于失误，他们也不回避，刘店秋收起义胜利之时，"杀尽土豪劣绅！""打到新旧军阀！""不交一切税赋！"的标语铺天盖地，唯独少了决议案中提及的农协的宣传口号，而农民协会恰恰是这次刘店秋收起义的决定性因素。在这份决议案中，对于下一步将要开展的游击战与革命根据地建设，也是可圈可点，具有创新性。湖南秋收起义与河南刘店秋收起义，它们彼此之间承前启后，遥相呼应：湖南秋收起义启示刘店秋收起义，城市非革命武装久居之地；刘店秋收起义则率先步入农村，进行革命根据地实践。两场秋收起义，一前一后，一个暂时失败，一个相对成功，分别以不同的形式探索了同一条正确的革命之路，那就是中国革命的中心在农村，而不是在城市。

这场县委工作会议一共开了四天。会议结束之后，确山县土地革命随即开展，这也拉开河南省土地革命战争的序幕。与刘店秋收起义相呼应，信阳西面四望山一带的农民起义也取得了成功，农民革命军一鼓作气开创了确山、汝南、正阳、信阳纵横100余公里的根据地，革命态势大好。

中国共产党领导的土地革命形势大好，有些人就不好了，尤其是国民党河南省军政当局。一场明面上的整编、暗地里的清剿风暴正在酝酿。国民党部队先是派出说客登门拜访，言之凿凿地要与农军联合，希望农民革命军能够接受国军的整编。农民革命军的指挥如果接受了国军的委任，其本质就是将农民革命军瓦解之后分而治之。马尚德一眼就识破了敌人的奸计，遂提出既然国军有意整编农军，也许诺以后农民革命军的武器装备都由国军供给，那是否可以先行一步把武器装备送来，以示诚意？前来商谈的国军代表无言以对，支支吾吾，谈判不欢而散。文的不成就来武的。几天之后，一支千余人的清剿队伍浩浩荡荡开往刘店镇，意图将农民革命军一网打尽。敌人的计谋早在马尚德的预料之中，他指挥农民革命军将敌人有计划地放进刘店镇，待他们进入有效射程之内，给以一记迎头痛击。不久之后，敌人就败下阵来，仓皇逃窜。虽然击退了敌人的清剿，但是刘店镇就在确山县城的眼皮子底下，位置过于险要，当初攻克此处是为了震慑敌人，但是如果长期镇守此处，敌众我寡，极有可能损耗农民革命军的实力。冷静分析敌我形势之后，马尚德指挥农民革命军兵分两路，主动撤出了刘店镇，在确山、正阳、信阳广袤的农村建立根据地，开展游击战。

湖南秋收起义与刘店秋收起义，这两次起义都对起义军队进行了改革。湖南秋收起义回撤至农村之后，进行了三湾改编。三湾改编从政治和组织上确定了中国共产党对军队的绝对领导，奠定了人民军队的基础，保证了我军的无产阶级性质，丰富了中国共产党早期的统一战线思想，从理论和实践上对统一战线工作做出了很大贡献。而刘店秋收起义胜利后，农民革命军回撤至张板桥，也对部队进行了整顿，但刘店秋收起义对部队的整顿仅仅局限于部队建制与组织纪律等方面。在农民革命军中设置了司令部、政治部，总队下设四个中队，每个中队五十人左右，整个部队两百余人。部队总指挥仍然由马尚德担任。农民革命军除了一部分经历确山暴动考验的战士外，还有后期加入的红枪会和土匪，这些人大部分是好的，但是也有少数心存异己——有的是打入农民革命军内部的奸细，有的则不改旧习气，屡屡违纪。张板桥整军将这些害群之马一一清除出了革命队伍，使得整顿之后的农民革命军面貌焕然一新，有了更强的组织性与纪律性，战斗力也随之大幅度提升。

张板桥整军之后，农民革命军袭击了确山县第一号土豪劣绅张天真，将他的粮仓打开救济穷苦百姓；打击了李文相民团的嚣张气焰，削弱了其军事实力。农民革命军威震豫南之际，正是反动当局如坐针毡之时，敌人派出十倍于农民革命军的兵力进行比清剿更甚百倍的痛剿。农民革命军在王楼组织了一场伏击战，但是因指挥不当，队伍完全暴露在敌人的火力之下。其中，中共豫南特委书记王克新不幸牺牲；马尚德、张家铎不同程度地受伤，只得暂别战场，被迫转移至驻马店治疗。

夕阳西下，与罗平均挥手告别。我也要赶回驻马店。这条确山县通往驻马店的路几经修葺，早已是一条康庄大道。也许跟以前马尚德转移时并不是一条路，然而走的人多了便成了路，随着夯实地基，铺上柏油硬化，现在的坦途就成了。我们的汽车之所以能够平稳地行驶在这条坦途上，正是由于千万个马尚德这样的探路者先行识路！

临近城区，一条宽阔的东西向大路与此路十字交叉，路边的指示牌上蓝底白字：靖宇大街。

靖宇大街贯东西

西江月·泪别故土

离合悲欢惭愧。皆因重任双肩。泪流乡土李家湾。拜别亲娘吾妻。　明朝旭日东方启。中华遍地欢颜。此生奔走几时安。忽道濛江浪起。

落日余晖中，我的影子被夕阳拉得长长的，投影在宽阔的大马路上。双肩背包里的忠魂，似乎已经送回到李家湾的杨靖宇故居，顿时变得轻松起来。

我站在靖宇大街一侧等程娜。她与我同年，已经担任驻马店杨靖宇将军纪念馆副馆长好几年了。

杨靖宇将军纪念馆以及他的故居李家湾村以前都是属于确山县的，随着驻马店城区的不断延展，根据现在的行政区划，这里属于驻马店驿城区，原来偏远的城郊已晋升为妥妥的城区。但在空间距离上，依然不能改变这里离确山县更近

★ 靖宇大街街景。

★ 靖宇大街路标。

的实际，且纪念馆周遭的风土人情、乡言俚语都有着明显的确山印记。

程娜说，一直以来她都把自己的职业当作一项"工作"来对待，有思路，有想法，有创新，有落实就好。她觉得工作就得恪尽职守，尽职尽责，爱岗敬业。她也是这样做的，但是这种认识忽然在某一天就发生了一百八十度的大转弯。我追问程娜到底那天发生了什么。程娜说，那一天她作为陪同人员，接待了来自吉林省白山市靖宇县杨靖宇将军纪念馆的同人，他们每个人手里都拿着笔记本，有的人用手机或者录音笔将讲解员的解说录制下来。那些并不新鲜的解说词，他们却听得津津有味。在参观杨靖宇将军故居时，程娜发现一行人中，眼含热泪的有之，热泪盈眶的有之，泪如雨下的也有之。在那一刻，程娜意识到：同样都是在纪念馆工作，自己与他们的不同到底在哪里——在心力上，自己仅是用力工作，而他们则是用心工作；在情感的投入上，自己仅仅是了解杨靖宇将军，而他们则是真正触摸到了杨靖宇精神。

送走来访的贵宾之后，程娜坐在自己的办公室里。那时候还是在杨靖宇将军纪念馆旧址办公，在狭小逼仄的空间里，她静默了许久。办公室书橱里有许多关于杨靖宇将军的出版物，有当代中国出版社的《杨靖宇传》、河南人民出版社的《杨靖宇将军的故事》《民族英雄——杨靖宇传记》、中央文献出版社的《杨靖宇纪念文集》、百花洲文艺出版社的《杨靖宇》、南京出版社的《抗联名将杨靖宇》、学习出版社的《中华先烈人物故事汇之杨靖宇》、解放军出版社的《杨靖宇将军在重围中》、希望出版社的《战斗在冰天雪地：杨靖宇》，以及驻马店杨靖宇研究会赠阅的一系列《杨靖宇研究》期刊。直到这一天，程娜才发觉原来有这么多人在书写，在传播，在弘扬杨靖宇将军的英雄事迹和精神。

"这些书你都读完了吗？"我翻看着程娜书橱里的书问她。

"每一本都读完了，还圈点勾画做了标注呢。"程娜笑得自信而美好，"自从那次之后，我从心底想真正走进杨靖宇。我现在也是半个杨靖宇专家了！"

确山暴动与刘店秋收起义之后，马尚德的大名早已威震豫南，甚至是整个河南。这个名字在穷苦百姓心中是希望与光明，但在另一些人心头却代表屠刀与灭亡，而这些人却恰恰手中掌握着权力与军队，他们害怕，于是发动了由他们掌控的国家机器，对潜在的危险进行了无情的剿杀。马尚德早就上了他们的黑名单、通缉令、悬赏令。

王楼伏击战中，马尚德身负重伤。他先是在岳父家养伤，因为行踪暴露，后又转至姥姥家。枪伤不同于一般的伤口，仅凭传统的医疗手段无法治愈。马尚德的伤口是被子弹击穿的，好在子弹并未留存体内。因为伤口创面过大，难以愈合，而且已经出现了感染症状，伤口红肿发炎，所以必须尽快到正规的医院接受西医治疗才能保证其生命安全。时任确山北区区委书记的王国卿在探视马尚德、查看他的伤情之后，当即决定要尽快联系医院，否则任伤情恶化，后果不堪设想。

驻马店普济医院是一家教会医院，院长曾经留学法国，院长的女儿也在开封读书，与马尚德有过几面之缘。院长女

★ 确山县杨靖宇纪念馆。

儿做通了院长的工作之后,马尚德被秘密转至驻马店普济医院,接受西医治疗。有了抗生素之后,仅两天,马尚德的伤势就明显向好。然而就在第三天,护士刚要给马尚德输液的时候,院长惊慌失措地跑进了病房。"先别打了!马先生,您得赶紧离开了!警察在门口扬言要抓您呢!我让人在前面应付着,赶紧过来通知您!"院长急得团团转,"也不知道是谁走漏了风声,这可怎么办才好!"

"院长,医院有后门吗?"马尚德一脸沉着。

"有,有的!平时不怎么用,几乎没有人知道。"

"院长,您别慌,您现在就去前面吧!我从后门离开,您的救命之恩,我改日再谢!"

"您等等,我刚才过来很匆忙,给您准备了一点药品,服用方法都标注好了。马先生,您多保重吧!"

马尚德匆匆离开普济医院。医院周围一片喧哗,警察的呵斥声不绝于耳,周围也聚拢了一群看热闹的人。马尚德趁乱找了一个地方隐蔽,等到天黑之后,趁着夜色回到了确山县。恰好此时,从外地养伤的张家铎也回到了确山县。两个人见面,决定重整旗鼓。不久,一支三十人的革命武装——确山县农民游击大队,又名鄂豫皖红军别动大队,成立了。马尚德任大队长,张家铎任政委。这一次,他们不再贪大,而是紧扣"游击"二字,在确山县、汝南县边区神出鬼没,打游击战,与敌人进行武装斗争。他们陆续消灭了劣绅朱绪贤父子、韩庄寨寨主白子锡,围攻了韩庄大教堂,重新打开了汝南、确山边区的局面。革命形势好转之后,马尚德迅速发动农民协会发展会员,到1927年4月份,确山全县已建立60个村苏维埃，确山东区、北区等区苏维埃，并筹备建立确山县苏维埃政权。在建立区乡村苏维埃政权的同时，还成立了赤卫队、自卫队和游击队等武装组织，以保卫各级革命政权，如此，使确山平汉铁路以东，南至张店、杨店，北到水屯等100多里范围内形成了武装割据的局面。党的组织在斗争中也获得了较大发展，党员发展到240多人，建立了确山东、西、南、北四个区委和两个中心支部。

转眼就是一年，在1928年3月，中共豫南特委和确山县委扩大会议召开了，会上传达了中共河南三大《致豫南工农革命军书》的主要内容：一、重新组织豫南特委，提拔农民干部张玉海任特委书记，马尚德等7人为委员；二、准备确山（二次）武装暴动，拟定确山暴动计划；三、恢复信阳工作，准备京汉铁路的大破坏。

出于工作需要，组织派马尚德以豫南特委特派员的身份前往信阳工作。临行前，马尚德觉得自己有必要回趟家，但是时间又很紧张，犹豫再三还是决定回去一下。

其实自马尚德回到确山之初，母亲张君与妻子郭莲是非常高兴的，喜的是自己的儿子、丈夫回到了自己的身边，即便不能天天回家，但是最起码知道他的行踪，不像在外求学，隔着几百公里。后来就天天揪心揪胆，担惊受怕，随着马尚德先后领导了确山暴动与刘店秋收起义，在被多次围剿都侥幸脱险之后，敌人把目光锁定在了马尚德的家人身上，从那时起，张君、郭莲婆媳二人就过上了东躲西藏的日子。李家湾的家是待不成了，她们娘俩先是带着孩子去了婆婆张君的娘家，敌人闻风而动，只得又去了媳妇郭莲的娘家，敌人紧随其后，没办法还得继续逃亡。两个女人辗转在汝南和确山的亲戚家，今天在这家躲两天，明天去那家藏三天。当时，郭莲已经有孕在身，就这样颠沛流离地躲藏了大半年。眼瞅着郭莲就要生产了，不能再这里、那里地来回行动，加之，在豫南农村一直有个不成文的风俗习惯，嫁出去的女儿不能回娘家生孩子，孕妇也不能在别人家生孩子。万般无奈之下，张君就在一个村庄外搭了窝棚，把待产的儿媳妇郭莲安顿在里面，自己带着小孙子沿街乞讨度日。每天晚上，三代人蜷缩在窝棚里相拥取暖，各自偷偷以泪洗面。

阳春三月的一天，即将生产的阵痛把郭莲从睡梦中疼醒。她赶忙喊婆婆起来帮忙，没有接生婆，婆婆张君就亲自为儿媳妇接生。就在这个四面透风漏气的窝棚里，马尚德与郭莲的女儿出生了。在女儿嘹亮的哭声里，郭莲也哭成了泪人，婆婆张君更是老泪纵横。老人知道刚生完孩子的妇人不能哭，否则不下奶，如果这样，刚刚降生的小孙女要如何过活。张君好言劝慰着儿媳妇："莲啊，别哭了，不为自己也得为孩子啊！"

第二天，张君找了辆小推车，把儿媳妇、孙子、孙女运到毗邻郭莲娘家小郭庄的一个新窝棚里。那间草棚是郭莲娘家人特意为她们搭的。风俗习惯得遵循，但是亲生女儿的死活也要管啊。因为离娘家近，郭莲总算是能吃上一口热饭，喝上一碗热汤了。

女儿出生的第五天，马尚德找来了。此时距离他启程去信阳只有不到一个小时了。本来时间是充足、宽裕的，马尚德长得人高马大，一米九三的个子，迈着两条大长腿，三步并作两步回到家之后,发现家里冷锅凉灶,左邻右舍一打听才知道自己的老娘、老婆、孩子已经离家许久了。他这才紧赶慢赶地跑到了小郭庄的丈母娘家,一问才知道,郭莲正在村外的草棚里坐月子。有道是:男儿有泪不轻弹,只因未到伤心处。从丈母娘家往村外走的路上,马尚德几度落泪。他觉得自己作为一个儿子未能尽孝,作为一个丈夫未能让自己的妻子过上好日子,作为一个父亲,儿子吃尽了苦头,女儿降生在草棚里。他觉得自己愧对家人,但是能怎么办呢?革命与家庭,孰重孰轻?留在亲人身边,放弃自己的革命理想与革命追求,也许能暂时过一段安稳日子,但是,在这个不平等、不公平、不公正的社会,穷苦百姓能有真正的好日子过吗?离开是不是一个更好的选择呢?如果从此在确山县销声匿迹,再也没有马尚德这号人物了,敌人是不是会就此收手,不再为难自己的家人了呢?马尚德思索着,他不是没想过带家人一起离开,但是革命这种刀口舔血的事业,实在是不适合将家人带在身边。

夜色中,草棚里透出微弱的光。马尚德擦干眼泪,他不能让老娘和妻子看到他的泪水。草棚入口处搭着一条旧棉被改成的门帘。三月的天气,乍暖还寒。郭莲刚生完孩子受不得一点风。

马尚德挑开门帘,惊呆了草棚里的一家老小。一家人抱头痛哭了好一阵子,直到惊醒了襁褓中的小婴儿,在她哇哇的啼哭声中,一家人才止住了哭泣。

"顺青啊,郭莲又给你生了一个闺女,这下你可就是儿女双全的人了!"母亲张君扯了扯衣襟,擦干眼泪,"孩子还没起名呢，你这个当爹的，快给孩子起个名字吧！"

"那就叫躲吧！"

"啥？花骨朵儿的朵？"郭莲轻声问道。

"不是，是躲躲藏藏的躲！要让孩子长大以后记着她娘为了生她的不容易！"马尚德看着妻子郭莲怀中吃奶的孩子，语重心长地说。

"好，就叫躲吧！"母亲张君起身，"顺青，我给你拾掇拾掇，赶紧睡吧，眼瞅着就要天亮了！"

"娘，莲，我马上就得走，去信阳，还不知道啥时候才能再回来……"马尚德看着母亲与妻子的眼睛，说不下去了。

"啥！你这腚还没坐热乎，又要走了？"母亲的语气里带了一丝愠怒。

"娘，别拦他，顺青是干大事的人！"郭莲轻声说道，"娘，他是趁着天黑回来的，天亮了还不知道能不能走得成呢！快让他走吧！"

"娘，莲，我走了！"马尚德鼻子发酸，声音哽咽，"等革命成功了，我就回来。"说完，一挑门帘，大踏步消失在了夜色中。彼时，谁也没有预见到，这一次的转身离去竟然是马尚德与家人的诀别。

信阳的工作环境并不比确山县好多少，早在一年前信阳的地下党组织就遭受了破坏。带着马尚德画像的通缉令被敌人四处张贴，虽然不是百分百的模样，却也有四五分的相似。"马尚德"的大名一时之间成为街谈巷议。为便于开展工作，他接受了同志们的建议，开始使用化名。化名用什么好呢？思前想后，决定用"张贯一"。马尚德的母亲姓张,儿随母姓也无可厚非,"贯一"意即"一以贯之",革命就要干到底,一条道走到黑,黑暗前面就是无限的光明。从此,马尚德这个名字就彻底消失了。对于敌人来说,"马尚德"成了一谜团。多年之后,也一度迷惑了试图揭开"杨靖宇——张贯一——马尚德"之间扑朔迷离联系的党史研究专家、学者们。

当初与确山暴动遥相呼应的四望山武装暴动就发生在信阳,这里一度也是红旗猎猎,迎风招展。信阳县农民革命军与确山县农民革命军合二为一,组建成了豫南工农革命军,开创了四望山革命根据地。革命烈火熊熊燃烧之时,敌人集中优势兵力分别对确山武装暴动、四望山武装暴动进行剿杀。由于缺乏斗争经验,四望山暴动力量没能及时回撤,陷入了敌人的重重包围之中,四面受敌,弹尽粮绝,分路突围失败。四望山工农武装斗争失败,信阳重新陷入了白色恐怖。

到达信阳之后,虽然革命形势低迷,但基础还是有的,马尚德,哦,不,此时他已经是张贯一了,他需要做的就是重整河山。经过细致周密的梳理,他重新捡拾起中断的地下党组织,一个线头一个线头地拼接,一个,十个,一百个,以一己之力激活了信阳县蛰伏已久的地下党组织,点燃了他们心底的星星之火。敌人对马尚德的缉捕令并没有随着这个名字的消失而停止,反而有加紧扩大之势。而张贯一外形出众,身材高大,鼻直口阔,个人辨识度非常高。在不得已的情况下,他开始化装出行,有时候他化装成一个焗匠师傅,挑着补锅焗盆的家把什,走街串巷;有时候穿上蓝布长衫，戴上呢子礼帽，腋下夹着一本书，摇身一变，成了文质彬彬的教书先生；有时候拎着一只半新不旧的皮包，佯装生意人。纵然外表千变万化，内里都是那个意志坚定的马克思主义战士——张贯一。从走上革命道路的那天起，他的信仰从未改变。在张贯一的不懈努力之下，信阳革命又活跃起来了。

张贯一从未忘记自己来信阳的任务，也时刻关心着老家确山县的革命进程。他经常在心中一遍遍地回想豫南特委工作的内容——确山县的二次武装暴动，信阳党组织的恢复重建以及破坏京汉铁路的计划。隐秘而机敏的情报人员每天穿梭往返于中原大地，即将党的指示散播到每一个角落，也向上级党组织汇总汇报着基层革命形势。在信阳工作的张贯一等来了确山县二次武装暴动失败的消息。由于河南省委从农村农民干部中提拔任命的豫南特委书记，刚愎自用，目空一切，工作能力严重不足，没有经受住考验，叛变投敌，豫南的革命再一次遭受重创，豫南特委名存实亡。复杂残酷的革命形势下，河南省委及时止损，调整了人事布局，张贯一临危受命，除了将主要精力放在信阳之外，同时兼顾汝南、确山、正阳、罗山等县的指导工作，重新整合豫南革命力量。

张贯一在信阳工作期间，大半时间是借住在共产党员徐延曾家中。徐家是书香门第，虽然因战乱频频而家道衰落，但是瘦死的骆驼比马大，底蕴犹在，在信阳县城也算得上是大富之家。徐家的吃穿用度水平高于一般的农户之家，徐延曾将张贯一的饮食起居安置得妥妥帖帖。客居徐延曾家中的日子，过得紧张而又充实。在张贯一的房间里，临窗放有一张书桌。徐家藏书颇丰，不但有经史子集，就连五四新书也应有尽有。白天，张贯一外出工作，夜晚与徐家老小一起用餐吃饭，相处得十分融洽，让少小离家的张贯一享受了一段难得的家庭和睦时光。夜深人静，伴着一盏昏黄的豆灯，泡一杯信阳毛尖，捧一本书赏读。有时候，看着徐延曾与自己母亲、妻子以及儿女朝夕相对，张贯一也会精神恍惚，在心底慨叹自己与家人迫不得已的分离。虽然信阳与确山相聚不远，因为工作的缘故，张贯一其实多次回过确山县，但都是来去匆匆，像当年三过家门而不入的大禹一样，从来没有借工作之便回家去探视过亲人。只有在夜晚，张贯一，这个坚贞的年轻革命者才会流露出一丝柔情与软弱，那是对母亲的眷恋，对妻子的思念，对一双年幼儿女的挂牵。待第二天的朝阳爬上窗棂，张贯一就会一扫夜晚的阴翳，精神抖擞地投入到革命斗争中去。

纵观杨靖宇将军的一生，他一共被捕过五次，三次是在河南的信阳，两次是在东北的吉林。巧合的是，这五次被捕入狱都发生在他使用"张贯一"这个化名期间。

1929年春，信阳的革命环境变得更加恶劣。在强大的敌人面前，中国共产党的地下力量仿佛暗夜里一粒永不熄灭的火种，蛰伏着，潜伏着，伺机而动。1929年3月初，共青团信阳县委机关遭到敌人破坏，一位女同志被捕，因经受不住拷问，叛变投敌，将自己所知道的一一招供。张贯一在不知情的状态下，依然前往约好的地点接头，不幸被捕，所幸应对得当，敌人查无实证，最终得以保释，重获自由。张贯一回到徐延曾家之后，冷静分析，意识到组织内部有人叛变了革命，出卖了组织和同志，于是迅速安排相关人员战略转移，但张贯一还是低估了叛徒对信阳组织机关的破坏力，当天晚上，敌人就找到了徐延曾家，因为张贯一的安排，徐延曾侥幸逃过一劫。敌人追问张贯一的来历，徐家老小统一口径，称其为自家的远方亲戚。敌人在徐家一阵打砸抢之后，因搜捕徐延曾未果，便带走了张贯一回去交差，但苦于没有证据，只得又将其释放。

多年之后，在一份已经解密的党史资料中，我们得以一窥当年张贯一所处的革命斗争环境的恶劣。

河南省委致中共中央信（节录）
（1929年4月12日）

中央：

最近接到以下各地报告，因省委不健全，未有讨论，今特照转，以便中央了解河南情形。

1. 滋生的行程
2. 洛阳
3. 考城
4. 永城
5. 豫南

（A）豫南特委因东南的接头处被破坏，尚未找到孤零，现正在设法找他们，俟找着即执行省委的决议，把东南取消，成立豫南，但郭××在3月25日时尚未到信，省委贾子玉（郁）在郭兄未到前暂时代理豫南特委书记。但玉兄因曾在汝确特区及驻马店一带参加过行动工作，汝南破坏后被通缉，信阳亦有很多的教员曾知道他，故他在信阳、驻马店一带的环境很坏，参加行动工作不得，根本失去作用。故彼个人不同意，请省委注意他政治环境严重，将其调开。

（B）信阳破坏

甲、破坏的原因

系中学同志周文新的色彩浓厚，其族谋占其财产，向二九师司令部报告，因而有军队去捕他，适中学机关正移在他家里，住机关的女同志周其著见有军队到周家，即忙着出逃，被军队捉住，在她身上搜出Y省委文件二册，当问她的房子是谁给她租的，她即供出吴绍棠。军队随去捕吴，贯一不知此变，往找吴接头，当被候在吴家中的便衣队捉获，问其来意，贯谓找吴要账，但便衣队不信，亦将其带去。周其著经刑审不过，将女师的王其华、宋玉洁以及河南的徐延曾、徐炳兰、讲习所的蔡善犹等尽供出。军队到河南捕徐未得，将其家人及鸣一等捉获，经审了几遍，得不着口供遂舍去。其后贯一因其应付得好，军队没办法将其由司令部转押县政府保释。现贯一、鸣一均来省。此次损失的人数大，同志共8人。王国卿同志在驻被捕，解信阳枪决了。王同志在死时还对贯一作极沉痛恳切的忠实表示。司令部在未枪决王国卿以前，颇注意拷问他知道马尚德否，国卿始终说不认识。可是贯一当时却因此受着很大的刺激（其受刺激的表现另详）。

乙、恢复的情形

贯一出险，环境不容许在信阳，绍堂亦被捕，信阳县只剩玉兄一人，及本长回信，另行改组县委。但在白色恐怖下，没法召集活动分子会，仍由玉、长、鸣、平等决定组织临时县委，指定木（工人）、贵（工人）、新（农民）、严（知识分子）等5人负县委责，以长为书记，进行恢复。但有许多的工作，为长、玉等所不知道，这是信阳恢复的困难。

这份资料中的"其受刺激的表现另详"，指的是张贯一得知王国卿为保护自己牺牲大受刺激，之后曾经给河南省委写过一封信，向省委提出了工作中应该注意的诸多问题，并向组织提出了自己的几个要求。当时张贯一向组织请求离开河南工作，因为他觉得王国卿是为了保护他而死的，内心非常内疚。在对敌斗争中，张贯一觉得自己的军事素养不足以应对复杂的革命形势，他要求组织能给他一个学习的机会，以便研究过去工作中的成败与得失。张贯一尤其向往莫斯科的伏龙芝军事学院，他希望自己能够去莫斯科接受短期培训，学习军事理论。

信阳已经不安全了，张贯一不便久留此处。根据河南省委的紧急指示，张贯一前往省委待命。在去洛阳执行任务时，张贯一第三次被捕。当时，张贯一去洛阳肩负的使命是恢复当地的地下党组织，但是他对洛阳极度不熟悉，单凭一点文件与资料无法掌握洛阳的情况。依照张贯一的工作惯例，他乔装打扮一番，以药材经营商的名义逐一检查、核实洛阳的地下党组织。因为频繁出现在一些已经暴露的通讯站、交通站、联络站附近,加上张贯一高大威猛的样貌让人过目不忘,很快就引起了敌人的注意。敌人当即逮捕了张贯一,随即搜查了他下榻的旅馆,毫无斩获,加上张贯一机智沉着,应对得天衣无缝,敌人无凭无据只能将其释放。鉴于洛阳危险重重,危机四伏,张贯一向上级汇报之后,迅速撤离了洛阳。

恰好在此时,中央军政干部培训班即将在上海开班。根据工作需要和张贯一的个人请求,河南省委决定派他去上海参加培训学习。彼时,谁也没有想到,这次离开是他与中原大地老家河南的诀别。

在上海学习期间,他开阔了眼界,精神为之一振,以往革命中困扰着他的疑难问题在这里统统得到了化解,找到了答案。这是杨靖宇将军一生中仅有的一次在党中央直接领导下进行的系统学习。在中央军政干部培训班上,他亲耳聆听了周恩来、李立三等人的报告,获益匪浅。尤其是周恩来同志根据中国革命实际,作的关于大革命失败经验教训和党在新时期的总路线的报告。

报告强调,当时还处于幼年期的中国共产党,同国民党合作,建立起革命统一战线,发动轰烈的第一次大革命,给帝国主义和封建主义的反动统治以沉重的打击。这是中国近代史上前所未有的人民大革命。充满革命热情的共产党人,率先带领群众在革命风暴中,不怕牺牲,英勇奋斗,表现了崇高的献身精神,为中国革命打开了一个新局面。但令人痛心的是在这次大革命的后期,作为革命中坚的中国共产党的领导机关犯了以陈独秀为代表的右倾投降主义错误。"自觉地放弃对于农民群众、城市小资产阶级和中等资产阶级的领导权，尤其是放弃对于武装斗争、武装力量的领导权。而最后导致大革命的严重失败。"大革命的失败使中国共产党和中国革命事业遭受惨重的损失，但没有停止中国革命前进的步伐。中国共产党从革命失败的痛苦经历中，获得了极为深刻的经验教训。中共六大制定出党在新时期的总路线是，争取群众，统一群众，团结群众，加紧日常工作，尤其是在城市产业工人之中的工作。

这样透彻系统地分析中国革命的实际和现状，对张贯一来说机会难得。同时，他也明确地认识了中国革命的特点，要想打倒帝国主义及其走狗封建军阀在中国的统治，完成党的民主革命任务，最根本的途径就是进行武装斗争。

周恩来曾经到河南驻马店考察过革命运动，听取过张贯一的工作汇报，两个人有过一面之缘。在上海学习期间，周恩来也曾找过张贯一谈心谈话，关心他的成长。

上海的中央军政干部培训班是秘密举办的，每期一二十人，采取短期培训的方式，目的是为当时羽翼未丰的中国共产党培养、储备高素质的军事人才。经历了三年的实际革命斗争，从枪林弹雨中走过，经受了血与火的淬炼，短短的干部培训让张贯一有种涅槃重生、茅塞顿开之感。培训班结束之际，周恩来又一次同张贯一进行了畅谈。同时，党中央安排张贯一或到城市开展产业工人运动或到陇海、平汉铁路沿线开展工人运动。

张贯一欣然接受了党的安排。

张贯一只在中华全国总工会工作了不到一周的时间,又接到了让他即刻赶往东北吉林,在那里等待前往苏联留学的通知。

离开中原大地,刚南下,又要北上。一切都是快节奏的,张贯一来不及多想。作为一名共产党员,在党的召唤面前,他选择无条件地服从。他就这样一步步远离了故土,远离了亲人,走向了未知。一个成熟的革命者,一个忠诚的马克思主义战士,出发了!

就在张贯一抵达东北不久,毛泽东预言的革命高潮很快变为了现实。"所谓革命高潮快要到来的'快要'二字作何解释,这点是许多同志的共同的问题。马克思主义者不是算命先生,未来的发展和变化,只应该也只能说出个大的方向,不应该也不可能机械地规定时日。但我所说的中国革命高潮快要到来,决不是如有些人所谓'有到来之可能'那样完全没有行动意义的、可望而不可即的一种空的东西。它是站在海岸遥望海中已经看得见桅杆尖头了的一只航船,它是立于高山之巅远看东方已见光芒四射喷薄欲出的一轮朝日,它是躁动于母腹中的快要成熟了的一个婴儿。"①

张贯一这个名字他还会继续沿用一段时日,杨靖宇才是他最后的姓与名。从马尚德到张贯一,一个个看似独立的故事终将环环相扣;从张贯一再到杨靖宇,无数个偶然将成就一个必然,他将永远地留在那片白山黑水之间,化作一缕不灭的白山忠魂,光耀后世。

---

① 出自毛泽东的《星星之火,可以燎原》一文。

后记：无惧生死，向死而生

虞美人·向死而生

漫天风雪离人散。往事云霄间。惊涛拍岸石崖暖。孤雁独鸣新月、似当年。　　庄周梦蝶生烟渚。霜冷凭栏处。断桥寒夜空吁叹。纵使故园入梦、意难平。

《杨靖宇：白山忠魂》写到这里，已经接近尾声了。关于人物惯常的写法是从出生写到生命的终结，而后盖棺定论。这样的写法是无可厚非的，不会有人生而为神灵，即便是生物携带着印记基因出生，也只能表现出一些动物本能，比如，从来没有见过猫的老鼠，第一次见到猫的时候也会表现出恐惧与害怕；如果你在一个从来未吃过浓油酱赤肘子肉的小婴孩身边大快朵颐，只凭肉食的香气以及你进食时的愉悦表情，这个孩子在观望的过程中多半会流下口水……这都是印记基因在发挥着作用，但生物的印记基因并没有强大到左右甚至决定其一生。人出生之后，在环境的影响下，在教育的感化下，在顺境与逆境的交互中，慢慢发育、成长，最终形成自己的人生观、世界观和价值观。即便是一奶同胞的兄弟姐妹，也会因着各自的机缘不同而性格南辕北辙，人生呈现出不同的境遇。就像自然界没有两片完全相同的叶子一样，也找不出一模一样的两个人，遑论他们的人生轨迹。

其实也不能说接近，这已经是《杨靖宇：白山忠魂》的尾声了。从杨靖宇将军的殉国地吉林省白山市靖宇县追寻到他的出生与成长之地——河南省驻马店市确山县李湾村，逆时针倒叙，从"杨靖宇本不姓杨"写到"靖宇大街贯东西"，已经完成了一个首尾相继的闭环。当初接到这个创作任务时，并没有想过要做这样的叙述处理，已经出版发行的关于杨靖宇将军的图书汗牛充栋，无一例外都是顺时针叙事，先"始"而后"终"；同时，也都不约而同地在篇幅上弱化、压缩了杨靖宇将军在河南的岁月，而以大篇幅充分展现他抵达东北后的抗联战斗经历。当然，杨靖宇将军事业的巅峰，卓越的革命贡献，生命的高光时刻的确是发生在东北大地上，这一点是毋庸置疑的。但为何要反其道而行之？采访从殉国地开始，其实这也并非出自刻意的设计，仅仅是由于出行的便利，所在的城市，恰好有直飞吉林的航班，对殉国地的采访结束之后，又直接从东北转战杨靖宇将军的出生地河南驻马店。我们沿着杨靖宇将军的来时路逆向行走，追本穷源，去到了他出发的地方。其实中间也不无遗憾，因为没有去上海寻访当年杨靖宇将军参加中央军政干部培训班的旧址，行程中忽略了杨靖宇将军在上海停留的一环。即便如此，仍然得出了一个重要的结论，那就是启程前往东北开展工作时，杨靖宇将军已经是一个相对成熟的革命者，他在他的家乡河南完成了从一个热血青年到革命家的成长、羽化、蝶变。杨靖宇将军在出生地的成长是他到白山黑水、在冰天雪地领导革命成功的基石，是他人生不可或缺的一部分，值得浓墨重彩地去追溯，去大写一笔。从那时起，便决定要将这两部分平分秋色，各占一半。直到庚子冬月，才真正开始写作，在构思《杨靖宇：白山忠魂》一书结构时颇费了一番心思，完成一个，不满意，再推倒重来，如此循环往复了好几个回合，在一遍又一遍翻阅采访笔记的过程中，蓦然意识到了采访轨迹是从死到生，是先"终"而后"始"。

《大学》曰："物有本末，事有终始。"《中庸》云："诚者物之终始。"儒家经典均言"终始"而不言"始终"。把"始"与"终"二字的位置颠倒一下，"终"在"始"前，就突破了简单的物理意义上的时间进程，转而具备了哲学况味——向死而生。海德格尔在其著作《存在与时间》中，用理性的推理详细地讨论了死的概念，对人人都无法避免的死亡给出了一个答案：生命意义上的倒计时法——向死而生。在海德格尔的死亡本体论体系中，死和亡是两种不同的存在概念。死，指的是过程，人从一出生就在走向死的边缘，度过的每一年、每一天、每一小时，甚至每一分钟，都是走向死的过程。亡，则指的是结果，是一个人生理意义上的真正消亡，是一个人走向死的过程的结束。

事实上，中国人非常忌讳谈死亡，智慧如孔子，也曾在这个问题面前以一句"不知生，焉知死"草草敷衍了事，中国人普遍缺乏死亡教育。其实死亡教育可以帮助人们正确地面对自我之死和他人之死。理解生与死是人类自然生命历程的必然组成部分，可以消除人们对死亡的恐惧、焦虑，坦然面对死亡，在预知了结局之后才能更好地生活，真正地享受，活在当下。

书写《杨靖宇：白山忠魂》一书的经历，其实是生活给我们开设的一堂生死课。埋首研读抗联历史以及杨靖宇将军的生平时，发现每一个早期的革命者、共产党人，都是向死而生的勇士，他们是如何做到无惧生死的呢？难道他们不知道生命对每个人都是只有一次吗？他们不知道生命诚可贵吗？想来他们都是知道的，他们是近代中国社会最早醒来的一批人，是新文化运动造就的一代新人，只不过对于生和死，他们有自己的尺度与考量标准，他们愿以一己之死换取新中国的生。

即便是能够理解杨靖宇将军大无畏的选择，但是仍然为他的母亲张君、妻子郭莲在他离开河南之后所遭受的磨难感喟、叹息。杨靖宇是国民党河南省府以及河南新军阀冯玉祥最早下令通缉捉拿的共产党要犯。有这样一个儿子的张君，有这样一位丈夫的郭莲，在那样的年代会经历什么呢？国民党反动派没有因为杨靖宇离家音信皆无而放松对他的亲人的戕害，直到东方天晓，新中国成立，人民当家作主那一天。

李家湾的家前前后后被抄了七次，房子被烧过四次，先后有四位亲人因为敌人抓捕杨靖宇不利，出于泄愤而被迫害致死。杨靖宇彻底与家人失去联系，杳无音讯之后，母亲张君整日悲苦忧思，双目失明，死的时候家里连口棺材都买不起。在左邻右舍的帮衬下，才得以入土为安。郭莲带着一双儿女苦苦挣扎，艰难度日。1946年，郭莲养的小鸡跑进了李湾村保长家的院子。保长借故整治郭莲，把小鸡打死不算，还把郭莲打成重伤，又强迫头破血流的郭莲站在粪池里。郭莲的伤口感染后高烧不退，在给一双儿女留下一张丈夫杨靖宇的照片后，含恨而终。

作为妻子的郭莲，在生命的最后时刻应该会想到自己的丈夫吧？那个星眉朗目的男人，自己孩子的父亲，曾经给了她一时的柔情蜜意，却也让她一世愁苦。她想他，她也怨他；她念他，她也恨他。可是她万万没想到的是，那个让她又爱又恨的男人已经长眠在了遥远的东北，离家太远了，远到灵魂无法逾越——没能给心爱的人托一回梦。

在完成杨靖宇将军殉国地的采访任务，离开靖宇县，前往吉林龙嘉机场飞往郑州继续采访时，台风"海神"已经过境而去，留下如洗碧空，天气好得出奇。不过那天的运气不算好，靖宇县开往吉林的长途客车坏了，只好临时改乘小公共汽车，蜷缩在狭窄的空间里将近四个小时。在背着行囊赶往机场的路上，因为离开而心生怅然。走着走着，蓦然觉得背包沉了几分。也许是杨靖宇将军的忠魂想随我们看看这盛世。

这是一本在庚子年采访，在庚子年写作完成的书。关于2020年的记忆注定会被我们的肌体写入印记基因，在很长一段时间内，润物细无声地影响着我们。这一年的疫情、纷乱、感动、坚守以及死亡、新生，是百年未有之大变局；是于变局中谋求破局，于破局中打开新局。

2021年，伟大的中国共产党诞生百年。时间，这个伟大的书写者，记录着文明前行的脚步，沉淀着人类思想的精华。中国共产党100年的经天纬地、新中国72年的改天换地、改革开放43年的翻天覆地，砥砺奋进的新时代，马克思主义的真理光芒更加璀璨夺目，凝聚成改变中国、影响世界的磅礴力量。

杨靖宇将军，白山忠魂，以及以他为代表的抗联精神，既是力量也是力量源泉，这就是本书写作的意义所在。

一稿完成于2021.1.3，立春日
二稿改定于2021.4.4，清明节

参考书目

1.《杨靖宇传》,赵俊清著,黑龙江人民出版社,2015年版。

2.《杨靖宇全传》,卓昕编著,吉林文史出版社,2005年版。

3.《杨靖宇传》,《杨靖宇传》编委会著,当代中国出版社,2016年版。

4.《杨靖宇将军的故事》,张群良编著,河南人民出版社,1994年版。

5.《民族英雄——杨靖宇传记》,张群良、潘玉清、赵运红著,河南人民出版社,1994年版。

6.《杨靖宇纪念文集》,邓来法、贾英豪主编,中央文献出版社,2005年版。

7.《杨靖宇》,赵伟、曾伟编著,百花洲文艺出版社,2012年版。

8.《抗联名将杨靖宇》,韩文宁著,南京出版社,2020年版。

9.《中华先烈人物故事汇之杨靖宇》,张树军主编,学习出版社,2019年版。

10.《杨靖宇将军在重围中》,黄生发等著,解放军出版社，2011年版。

11.《战斗在冰天雪地：杨靖宇》，周莲珊主编，宋晓杰著，希望出版社，2019年版。

12.《杨靖宇研究》，2015年第1期、第2期，2016年第1期、第2期，2017年第1期、第2期，河南省驻马店市杨靖宇研究会主办。

（京）新登字083号

图书在版编目（CIP）数据

杨靖宇：白山忠魂／徐剑，一半著．—北京：中国青年出版社，2021.7
（人民英雄：国家记忆文库）
ISBN 978-7-5153-6468-1

Ⅰ．①杨… Ⅱ．①徐…②一… Ⅲ．①报告文学－中国－当代
Ⅳ．①I25

中国版本图书馆CIP数据核字（2021）第132903号

本书图片由杨靖宇将军纪念馆（吉林靖宇县）、杨靖宇将军纪念馆（河南驻马店市）提供，并得到书中所涉人物支持。特此致谢！

责任编辑	岳 虹
装帧设计	瞿中华
内文设计	李 平
出版发行	中国青年出版社
社　　址	北京东城区东四十二条21号
邮政编码	100708
网　　址	www.cyp.com.cn
门 市 部	010-57350370
编 辑 部	010-57350402
印　　刷	北京中科印刷有限公司
经　　销	新华书店
规　　格	880×1230　1/32
印　　张	5.75
字　　数	119千字
版　　次	2021年9月北京第1版
印　　次	2021年9月北京第1次印刷
定　　价	30.00元

本图书如有印装质量问题，请凭购书发票与质检部联系调换　联系电话：（010）57350337